KB114559

야차전기

夜叉傳記

야차전기 6

임영기 新무협 판타지 소설

초판 1쇄 찍은 날 § 2015년 12월 3일
초판 1쇄 펴낸 날 § 2015년 12월 10일

지은이 § 임영기
펴낸이 § 서경석

편집책임 § 박가연

펴낸곳 § 도서출판 청어람
등록번호 § 제387-1999-000006호
등록일자 § 1999. 5. 31
어람번호 § 제2-2615호

주소 § 경기도 부천시 원미구 부일로 483번길 40 서경B/D 3F (우) 14640
전화 § 032-656-4452 팩스 § 032-656-4453
http://www.chungeoram.com
E-mail § chungeorambook@daum.net

ⓒ 임영기, 2015

ISBN 979-11-04-90541-4 04810
ISBN 979-11-04-90130-0 (세트)

야차전기

6

풍운천하(風雲天下)

임영기 新무협 판타지 소설

FANTASTIC ORIENTAL HEROES

도서출판 청람

목차

제52장

———

요새화(要塞化)

화용군은 두 가지 이유에서 제남을 철옹성으로 만들어서 완벽하게 자신의 손안에 넣기로 마음먹었다.

하나의 이유는 감태정을 붙잡기 위해서다. 화용군이 완벽하게 제남을 장악하고 있어야지만 언젠가 감태정이 제남에 나타나면 즉시 알 수 있을 것이기 때문이다.

또 하나의 이유는 제남을 동명왕 주유천의 튼튼한 요새로 만들려는 것이다.

구주무관에 동명왕을 비롯한 일가가 은둔해 있다는 사실을 극비에 붙이는 것과 동시에 이곳에서 세력을 키우면서 남천왕을 상대하자는 계획이다.

화용군은 무정루 별채로 돌아왔다.

제남에 있는 동안 특별한 일이 없으면 그는 무정루 별채와 총단선 두 곳을 벗어나지 않으려고 한다.

그는 제남을 떠나 동해 고산도에 갈 때부터 수염을 깎지 않았던 탓에 지금은 제법 덥수룩한 모습이다.

그렇다고 노인네처럼 무조건 길게 기르거나 부랑자처럼 볼품없는 게 아니고 손가락 반 마디 정도의 길이로 짧게 코와 입 주변에 둥글게 잘 다듬어서 기른 근사한 모습이다. 사실 그의 수염은 감민정이 다듬어주었다.

반옥정은 구주무관에 놔두었다. 천보의 치료를 계속 받아야 하기 때문이다.

"총단주께서 돌아오셔서 기뻐요."

업무를 보고 있다가 화용군이 돌아왔다는 전갈을 받고 급히 한달음에 별채로 달려온 은지화가 환하게 미소를 지으면서 허리를 굽혔다.

그녀는 마치 출타했다가 돌아온 남편을 대하듯 반가워했다.

"가셨던 일은 잘 해결됐나요?"

"잘됐다."

화용군이 고개를 끄떡이자 은지화는 누굴 찾는 듯 실내를 두리번거리더니 의아한 표정을 지었다.

"또 한 사람은……."

늘 그림자처럼 따라다니던 감민정을 묻는 것이다.

"갔다."

화용군은 짧게 말하고는 의자에 앉으며 은지화에게 탁자 맞은편을 가리켰다.

"너도 앉아라."

"네."

화용군은 감민정과의 세 번째 정사를 기억하지 못했다. 지독하게 취했었기 때문이다.

아니, 첫 번째와 두 번째가 그랬듯이 세 번째도 정사가 아니라 그녀에게 능욕을 당한 것이었다.

그다음 날 아침에 그가 반옥정에게 갔을 때 그녀는 침대에 누운 채 눈을 감고 중얼거렸었다.

"그 계집은 속하가 죽여서 바다에 버렸습니다."

그게 끝이다. 이후 두 사람은 감민정에 대해서는 한마디도 나누지 않았다.

화용군은 반옥정이 감민정을 죽여서 바다에 버렸다고 말

한 순간부터 감민정에 대해서 깡그리 잊어버렸다.

감민정에 대해서는 기억하고 싶은 게 하나도 없다. 따지고 보면 그는 감민정에게 못할 짓을 했다.

애초 백학무숙을 멸문시킬 당시에 그녀를 단칼에 죽여 버렸거나 속 시원하게 놔줬더라면 지저분한 일 따윈 일어나지도 않았을 것이다.

그걸 반옥정이 깨끗하게 해결해 주었다. 주군의 치부를 수하가 처리해 준 것이다.

이렇게 보면 반옥정에게 빚을 졌다. 반옥정이 성치 않은 몸으로 감민정을 죽이는 장면을 상상해 보면 화용군은 마음이 편하지 않았다.

"물어볼 게 있다."

"말씀하세요."

은지화는 맞은편의 화용군을 말끄러미 바라보았다. 그녀는 화용군의 수하지만 자꾸만 그가 사내로 보이는 것을 어쩌지 못했다.

그 이유는 오로지 하나다. 화용군이 너무도 잘생겼고 심성을 올곧아 최고의 남자라는 단순한 이유다.

은지화는 아마 자신이 삼생(三生)을 더 산다고 해도 화용군처럼 잘생기고 완벽한 남자를 두 번 다시 볼 수는 없을 것이라고 믿었다.

더구나 그의 싱그러운 목소리하며 깔끔한 행동거지까지 흠잡을 데가 없다. 뿐인가. 무공은 또 얼마나 높고 성품은 천품이라고 할 수 있으니 은시화 같은 여자가 매료되지 않을 재간이 없는 것이다.

　"용군단에서 내가 마음대로 할 수 있는 돈이 어느 정도인지 알고 싶다."

　은지화는 눈을 빛냈다.

　"그게 궁금하셨어요?"

　그녀는 은근슬쩍 수하가 아닌 여인네가 친한 남정네에게 하는 듯한 말투를 썼다.

　"그래."

　"우선 제 마음대로 할 수 있는 액수부터 말씀드리자면……."

　은지화는 고개를 까딱거리면서 흑백이 또렷한 눈을 깜빡거리며 뭔가를 계산하고 나서 말했다.

　"매일 천 냥쯤은 제 마음대로 사용할 수 있어요."

　"한 달에 은자 삼만 냥이라……."

　"아하하하하! 순진하셔!"

　갑자기 은지화가 짤랑짤랑한 교소를 터뜨렸다.

　"무슨 소리냐?"

　"하하하하! 은자가 아니고 금화예요!"

"금화?"

화용군은 한 대 맞은 표정을 지었다. 금화 한 냥이 은자 삼십 냥이니까 금화 삼만 냥을 은자로 환산하면 물경 구십만 냥이다.

제남지단주 은지화 개인이 한 달에 사용할 수 있는 돈이 무려 은자 구십만 냥이라는 것이다.

"정말이냐?"

은지화는 화용군이 눈을 동그랗게 뜨고 놀라는 모습이 귀여워서 죽을 지경인 것 같은 표정을 지었다.

원래 은지화는 애교가 많은 성격인데 화용군 옆에 항상 감민정이 붙어 있어서 그에게 애교를 부리지 못하는 게 너무 안타까웠었다.

"그렇다면 나는 얼마나 쓸 수 있느냐?"

은지화는 일어나서 화용군 쪽으로 엉덩이를 살랑살랑 흔들면서 걸어오며 묘한 미소를 지었다.

"얼마일 것 같아요?"

"그걸 내가 어떻게 아느냐?"

화용군은 무림의 어느 누구보다 잔인하고 냉혹하지만 여자, 그것도 자기 측근들에게는 한없이 약하다.

아니, 자비롭다는 말이 맞다. 일단 여자에 대한 경험이 거의 없기 때문이다.

삭—

은지화는 겁도 없이 화용군과 마주 보는 자세로 그의 허벅지에 둔부를 걸치고 앉았다.

화용군은 어? 하는 표정이지만 곧 빙그레 미소 지었다. 자고로 여자, 그것도 미녀를 싫어하는 남자는 없다.

더구나 지금은 중요한 것을 알아내야 하는 상황이라서 모르는 체했다.

은지화는 허리를 비틀어서 두 손을 화용군의 어깨에 얹고 얼굴을 닿을 듯이 가까이 가져갔다.

"방금 말씀하신 금액……."

"은자 구십만 냥?"

은지화는 자신의 입술과 화용군의 입술이 닿을 듯 말 듯 가깝게 붙이고는 소곤거렸다.

"총단주께서도 그 정도는 쓸 수 있지 않겠어요?"

화용군은 '요거 봐라?' 라는 생각이 들었으나 은지화가 어쩌는지 보려고 가만히 있었다.

그나저나 화용군이 월간 사용할 수 있는 액수가 은자 구십만 냥이라면 문제가 발생한다.

동명왕에게 매월 은자 백만 냥씩 고정적으로 지급하겠다고 약속을 했기 때문이다.

"부탁이 있다."

"뭔가요?"

은지화는 이번에는 자신의 입술을 화용군 입술에 살짝 부딪치며 입술을 나풀거렸다.

그녀의 이런 행동은 노골적인 유혹이다. 이런 것이 바로 남녀 간만이 행할 수 있는 특권이다.

대개의 아름다운 여자들은 아름다움을 무기로 사내를 유혹하고 싶어 한다.

그 상대가 흠잡을 데 없이 근사한 사내라면 위험한 모험을 감행해서라도 유혹하려고 든다.

유혹을 해서 끝장을 보려는 경우도 있지만, 그저 유혹 자체를 즐기고 싶어 하는 여자가 더 많다.

자신의 아름다움이란 무기가 어느 정도로 먹히는지 시험해 보고 싶은 마음도 있을 테고, 만약 그래서 성공한다면 일거양득이다.

더구나 상대는 이 조직의 최고 우두머리가 아닌가. 그러니까 유혹에 성공한다고 해도 무슨 사단이 날 리가 없다. 실패한다면 그냥 애교로 얼버무리면 될 일이다.

화용군은 동명왕에게 매월 은자 백만 냥씩 주기로 한 것을 은지화에게 부탁할 생각이다.

자신이 월간 사용할 수 있는 액수 은자 구십만 냥에 은지화가 십만 냥만 보태준다면 백만 냥이 될 테니까 말이다. 그러면 구태여 한련에게 부탁하지 않아도 될 터이다.

그런데 은지화가 먼저 그에게 애교를 부리고 유혹을 하고 있으니 조금쯤은 잘됐다는 생각이 들었다.

"매월 은자 백만 냥씩 필요한데 지화 네가 십만 냥쯤 해줄 수 있겠느냐?"

"매월 백만 냥인가요?"

"그래."

은지화는 이번에는 그냥 화용군에게 장난스럽게 애교만 부릴 생각이었는데 화용군의 입술의 감촉을 느끼니까 몸이 살포시 달아올랐다.

그녀는 눈을 감고 몸을 밀착시키면서 긴 속눈썹을 떨면서 입술을 살짝 벌렸다.

"흐응… 그렇게 많이 어디에 쓰시려고요?"

"동명왕을 돕기로 했다."

"아아… 그에게 주려는 건가요?"

"그래. 해줄 수 있느냐?"

그러면서 화용군은 반쯤 벌어진 은지화의 입술에 자신의 입술을 붙이고 더 벌리면서 혀를 슬쩍 빨아당겼다.

"아… 읍……."

이어서 혀를 입안에서 빨면서 능란하게 희롱을 하자 그녀는 온몸을 떨고 신음을 흘리면서 두 팔로 그의 목을 힘껏 끌

이안고는 바들바들 떨면서 이쩔 줄 몰랐다.

은지화는 화용군을 유혹하려다가 도리어 당하는 꼴이 되고 말았다.

잠시 후 화용군이 슬며시 혀를 놓아주고 물었다.

"해주겠느냐?"

몹시 흥분한 은지화는 아쉬운 듯 그의 입술에 자신의 입술을 비볐다.

"흐응응… 그 이상도 드릴 수 있어요……."

"알았다. 그만 일어나라."

철썩!

"아얏!"

목적을 달성한 화용군이 둔부를 때리자 은지화는 예쁜 비명을 지르며 아쉬운 듯 그의 허벅지에서 일어났다.

"인석아, 나는 네 상전의 남편이 될 사람이다."

은지화는 얼굴이 빨개져서 혀를 쏙 내밀었다.

"흥! 그렇지만 저는 처음부터 총단주의 소유물인걸요?"

"소유물이라니?"

"저뿐만이 아니라 용군단 휘하에 있는 모든 사람이 다 총단주의 소유물이에요. 그러니까 총단주가 저를 어떻게 하든 뭐라고 할 사람은 아무도 없어요."

그녀는 허리를 굽히고 두 손으로 화용군의 뺨을 감쌌다.

"한 가지 더 알려 드릴까요?"

그녀는 코를 맞대고 달콤하게 속삭였다.

"용군단에 속한 사람들만이 아니라 용군단의 모든 것이 당신 거예요."

"내 거라고?"

"그래요. 바보양반."

은지화는 마치 아내나 첩이 남편에게 대하는 것처럼 말하고는 자신의 입술로 그의 입술을 부딪치며 이번에는 자신이 그의 혀를 힘차게 빨았다.

"하아아… 용군단은 지금까지 다섯 개 지단이었는데 낙양과 무창 두 개 지단을 더 늘려서 이제 일곱 군데예요. 그 일곱 군데 지단에서 매월 금화 이억 냥 가까운 순수익을 올리면 얼마일지 계산해 보세요."

그녀는 화용군의 혀를 놓고 나서 가쁜 숨을 할딱거렸다.

"그게 전부 총단주 거예요. 그런데 저더러 매월 은자 십만 냥을 달라고 부탁을 하시다니……."

그녀는 손가락으로 화용군의 코를 살짝 잡아서 흔들었다.

"그러니까 바보지 달리 바보겠어요?"

그러고 나서 그녀는 들어올 때보다 더 크게 둔부를 흔들면서 방을 나갔다.

용군단 휘하 일곱 개 지단에서 매월 금화 이억 냥의 순수익을 올린다면 은사로는 물경 육십억 냥이다.

그게 한 달 순수익이니까 일 년이면 칠백이십억 냥. 그런데 그게 다 화용군 것이라고 한다.

도대체 그게 얼마나 많은 금액인지 상상이 잘 가지 않지만 한 가지 분명한 사실은 이로써 동명왕에게 줄 돈이 해결됐다는 것이다.

화용군은 용군단 광성전 휘하 제남분전의 도움으로 한 가지 사실을 알아냈다.

예전에 그가 백학무숙 뇌옥에서 우연찮게 구한 대명제관의 관주가 모두 열두 명이라는 것과, 그들이 관주로 있는 무도관의 위치 등에 대한 것이다.

화용군은 대명제관 중에서 천도무관(天道武館)이라는 곳을 찾아갔다.

은성검도관, 무극관 등 백학무숙과 한통속이었던 다섯 개 무도관을 제외하곤 천도무관이 가장 규모가 크고 생도의 수가 많으며 대명제관 전체에 대한 영향력이 가장 크기 때문이다.

천도무관의 문은 활짝 열려 있었다. 대명제관의 무도관들 대부분이 낮 동안은 항상 문을 활짝 열어두는데, 그 이유는 만약 문이 닫혀 있으면 무술을 배우고 싶어서 찾아왔던 사람이 쭈뼛거리다가 그냥 돌아갈 수 있기 때문이다.

산뜻한 감색 경장 차림의 화용군은 천도무관 전문을 통해 안으로 들어가 산책이라도 나온 듯 느릿느릿 걸어서 점점 안으로 깊숙이 들어갔다.

여러 채의 전각 사이사이 마당 여기저기에서 수십 명씩 생도가 모여서 우렁찬 기합을 터뜨리며 수련을 하고 있는 광경이 보였다.

화용군은 이곳에 관주를 만나러 왔다. 천도무관 관주는 백학무숙 뇌옥에 이 년여 동안 갇혀 있다가 화용군 덕분에 풀려난 사람 중에 한 명으로 대명제관에서 영향력이 가장 큰 인물이다.

그때 화용군의 앞쪽에서 당당한 체구를 지닌 한 명의 청년이 마주 걸어왔다.

화용군은 그 청년이 지난번 포구에서 호랑과 적단호를 구할 때 도망치는 남천고수들을 제지했던 대명제관 사람 중 한 명인 것을 알아보았다.

그때 이 청년이 모두의 대표로 앞에 나서서 화용군에게 감사를 표했었다.

"무슨 일이오?"

그 청년이 화용군 앞을 막아서며 단단한 모습으로 물었다.

그는 수염을 기른 화용군을 전혀 알아보시 못했다.

"관주를 만나러 왔소."

"무슨 용무요?"

"중요한 일을 의논하러 왔소."

대화를 하는 중에 청년은 고개를 갸웃거리면서 화용군을 자세히 살피다가 비로소 그가 누구라는 것을 깨닫고 얼굴 표정이 크게 흔들리며 조심스럽게 물었다.

"혹시… 화용군 대협이 아니십니까?"

"그렇소."

"아아……."

청년은 크게 기뻐하면서 어쩔 줄 모르더니 곧 공손히 포권을 하며 허리를 굽혔다.

"수염을 길러서 못 알아봤습니다."

그는 기뻐서 어쩔 줄 몰랐다.

"저는 양정(楊正)이라고 합니다. 대협께선 혹시 저를 알아보시겠습니까?"

화용군은 고개를 끄떡였다.

"일전에 포구에서 봤소."

양정은 환한 표정을 짓더니 곧 정중하게 안쪽을 가리키며 앞장서서 안내했다.

"따라 오십시오. 아버님께 안내해 드리겠습니다."

천도무관의 관주이며 양정의 부친인 양태하(楊泰河)는 백학무숙 뇌옥에 오래 동안 감금되었던 티라 매우 쇠약해져서 아직 거동이 불편한 상태다.

화용군이 접객실에서 기다리고 있자니까 잠시 후에 양정이 양태하를 부축해서 들어섰다.

"대협! 노부가 찾아뵈어야 하는데 대협께서 친히 찾아주시다니 염치가 없소이다……!"

안으로 들어선 양태하는 아들의 부축을 뿌리치고 깡마른 몸을 흔들면서 쓰러질 듯이 종종걸음으로 다가오며 카랑카랑한 목소리로 외치듯 말했다.

그는 육십 대 초반의 나이에 대나무처럼 마른 몸과 야윈 얼굴을 지녔다.

원래부터 그런 외모인지 아니면 백학무숙 뇌옥에 감금됐기 때문에 그런 모습이 된 것인지 모를 일이다. 하지만 강단 있는 성격인 것만은 분명한 것 같았다.

"노부의 큰절을 받으시오, 화 대협."

화용군이 앉아 있던 의자에서 일어나는데 양태하는 말릴 새도 없이 그의 앞에 몸을 던지듯이 무릎을 꿇었다.

"이러지 마시오."

화용군은 급히 양태하를 부축해서 일으켜 의자에 앉도록

이끌었다.

양정은 화용군이 양태하에게 매우 공경한 것을 보면서 흡족한 표정을 지었다.

대화는 주로 화용군과 양태하가 나누었으며 양정은 묵묵히 듣기만 했다.

두 사람이 나눈 대화는 주로 감태정에 대해서다. 양태하와 양정은 화용군의 입을 통해서 까맣게 모르고 있던 사실들을 많이 알게 되었다.

감태정이 백학무숙만이 아니라 은성검도관과 무극관 등 다섯 개 무도관까지 운영하고 있었다는 사실.

백학무숙 등 다섯 개의 무도관에서 정기적으로 혈명단에 살수 후보생들을 조달해 왔다는 것.

감태정은 혈명단으로부터 줄곧 더 많은 살수 후보생을 공급해 달라는 요구를 받아왔고, 그래서 대명제관의 무도관들을 수중에 넣으려고 끊임없이 음모와 작업을 병행했던 것이라는 사실.

그리고 가장 중요한 사실, 감태정이 남천왕에게 자금을 대고 있었다는 내용에 이르러서는 양태하와 양정은 망연자실한 표정을 지으며 한동안 말을 하지 못했다.

화용군이 엄청난 사실을 말했지만 그것은 추호도 의심의

여지가 없었다.

"음… 그랬었군요."

한참 만에야 양태하는 무거운 신음을 흘리면서 은은히 분
노하는 얼굴로 고개를 끄떡였다.

"이제야 그동안의 먹구름이 걷히는 것 같소. 감태정이 왜
그랬는지 알겠소. 죽일 놈……."

양태하는 이를 부드득 갈았다.

"남천왕을 황제로 옹위한 후에 득세하려는 이유였던 거야.
무도를 하는 작자가 고작 그것 때문에… 으음!"

무도인들은 권력과 돈을 돌을 보듯 하고 또한 권세에 빌붙
어서 뭔가 해보려는 작자를 벌레처럼 경멸한다. 그런 점에서
는 양태하도 예외가 아니다.

화용군은 차분한 목소리로 말했다.

"감태정은 혈명단에 청부하여 구주무관의 백팔 명 전원을
살해했소. 그래서 나는 그자를 원수 중 한 명으로 여기는 것
이오."

"그래서 화 대협이 백학무숙을 멸문시킨 것 아니었소? 그
런데 원수 중 한 명이라는 것은 혹시 감태정 말고 화 대협의
원수가 더 있다는 뜻이오?"

"그렇소. 남천왕이오."

"남천왕……."

화용군은 원한으로 이글거리는 표정도 아니고 분노로 떨리는 목소리도 아닌 차분한 모습이다.

정말로 뜨거운 물은 김이 나지 않는 것처럼, 한계를 초월한 원한과 분노는 오히려 고요하게 보이는 법이다.

"남천왕이 내 가문을 멸족시켰기에 복수를 하려고 열두 살 어린 나이에 구주무관에 무술을 배우러 왔었소."

화용군은 예전 겨울비가 쏟아지는 남경 성내에서 누나와 함께 추위와 허기에 떨었던 비참한 기억을 되씹으며 착잡한 심정으로 말했다.

양태하는 화용군 대신 분노의 표정을 지었다.

"그랬는데 감태정이 구주무관을 몰살시킨 것이구려."

"그렇소."

"그런 공교로운 일이……."

양태하는 주먹을 움켜쥐고 성난 표정을 지었다.

"예전에는 세상이 남천왕을 욕해도 한쪽 귀로 듣고 한쪽 귀로 흘려 버렸었소. 나하고는 상관이 없기 때문이었소. 그렇지만 이제는 가만히 있을 수 없게 되었소. 결국 감태정의 배후는 남천왕인 것이 아니오?"

화용군은 묵묵히 고개를 끄떡였다.

양태하는 착잡한 표정을 지었다.

"그렇지만 우리 천도무관을 비롯하여 대명제관 전체가 감태정과 남천왕에게 깊은 원한이 있다고 해도 지금으로썬 어쩔 수가 없는 상황이오. 모두를 하나로 단합시켜 줄 그 무언기기 없소이다."

양태하는 뭔가를 원하듯 화용군을 바라보았다.

"화 대협은 계속 제남에 머무르실 게요?"

"특별한 일이 없으면 그러려고 하오."

"들리는 소문에 의하면 구주무관이 다시 문을 열려는 모양인데, 화 대협과 관련이 있소?"

화용군은 고개를 끄떡였다.

"그렇소."

그는 잠시 묵묵히 양태하를 응시하다가 결심한 듯 넌지시 의견을 건넸다.

"양 관주께서 나와 함께 가서 어떤 분을 좀 만나주지 않으시겠소?"

양태하는 흔쾌히 고개를 끄떡였다.

"허허헛! 화 대협의 소개라면 염라대왕이라고 해도 만날 수 있소이다."

구주무관은 우호위대주, 즉 우대주 공손태와 좌대주 호랑의 지휘로 새로운 무도관으로 거듭나고 있었다.

두 개의 전각을 새로 짓는 공사가 한창이고, 절벽에서 직접 호숫가로 내려가는 돌계단을 만드는가 하면, 뒤쪽 숲으로 향하는 오솔길을 넓혀서 마차나 수레가 직접 구주무관까지 올라올 수 있도록 만드는 작업도 동시에 진행되고 있었다.

그사이에 소문을 듣고 다섯 명의 소년과 청년이 무술을 배우겠다고 찾아와 구주무관의 첫 생도가 되었다.

동명고수들은 공손태와 호랑에게 자신이 생도들을 가르치게 해달라고 선의의 치열한 경쟁을 벌였다.

어쨌든 그 일을 계기로 동명고수들은 지금까지의 좋지 않았던 일을 모두 잊고 새롭게 일신하는 계기가 되었다.

양태하와 양정을 데리고 구주무관으로 들어서는 화용군을 동명고수들이 반갑게 맞이했다.

그들은 구주무관 곳곳에서 제 할 일들을 바삐 하다가도 화용군을 발견하면 즉시 하던 일을 멈추고 공손히 포권지례를 취하며 인사를 했다.

화용군이 왔다는 말을 전해 듣고 저만치에서 천보가 한 마리 나비처럼 팔랑거리면서 달려왔다.

무공을 모르는 그녀는 전각을 나와서 이십여 장 남짓 달렸을 뿐인데 얼굴이 빨개지고 숨이 차서 할딱거렸다.

"하아아… 하아… 용 가!"

그녀는 화용군의 가슴에 안기듯 매달려서 가쁜 숨을 할딱

할딱 몰아쉬었다.

"괜찮소?"

"하하하… 소녀는 괜찮아요."

뒤따르던 양정과 양태하는 천보의 절색미모를 보고는 발에 뿌리가 내린 듯 대경실색한 얼굴로 그녀에게서 눈을 떼지 못했다.

천보는 양정과 양태하에게 가볍게 목례를 보내고는 화용군의 손을 잡고 끌었다.

"가요. 아버님께서 용 가를 기다리고 계세요."

양태하와 양정은 화용군에게서 아무런 설명도 듣지 않은 상태에서 이곳에 왔다.

화용군은 의자에 단정한 자세로 앉아 있는 동명왕 주유천에게 허리를 굽혀 공손히 예를 갖추었다.

"그간 무고하셨습니까?"

"어서 오게."

양태하와 양정은 주유천이 누군지 모르지만 그의 외모와 분위기에 적이 압도당했다.

또한 화용군이 몹시 공경한 것으로 미루어 범상한 인물이 아닐 것이라고 추측했다.

화용군이 두 사람에게 정중히 말했다.

"예를 갖추시오. 동명왕 전하이시오."

"예엣?"

"허엇?!"

양태하와 양정은 방금 전까지 주유천이 누굴까 머릿속으로 수많은 상상을 했었지만 설마 동명왕일 것이라고는 터럭만큼도 상상하지 못했다.

두 사람은 그 자리에 쓰러지듯이 엎어지며 부복하는데 머릿속이 하얘졌고 몸이 떨렸다.

"소인들이 전하를 뵈옵니다!"

제53장

———

무림공적(武林公敵)

대명제관을 하나로 단합시키는 일과 대명제관에 속한 모든 관무사가 동명왕 휘하에 들어가는 것, 그리고 앞으로 대명제관에서 배출하는 수료생들이 동명고수가 되는 것을 양태하가 맡았다.

다행히 그는 대명제관에서 가장 존경받는 인물이었으므로 그 일은 어렵지 않을 것 같았다.

문제는 거기에 소요될 막대한 자금이지만 그것은 화용군이 깨끗이 해결했다.

화용군은 황하 가장자리에 떠 있는 총단선 자신의 빙에 틀어박혀 있었다.

　벌써 열흘째 그는 거의 하루 종일 역천심법을 운공조식하고 야차도를 연마하는 일에만 몰두하고 있는 중이다.

　특히 감민정이 있는 동안 거의 운공조식을 못했었기 때문에 그것에 대한 보상 심리가 작용을 했는지 운공조식에 더욱 집중했다.

　총단선에는 화용군 혼자만 있기 때문에 최소한의 인원을 남겨두고 모두에게 휴가를 주었다.

　단 언제든지 소집을 하면 달려올 수 있도록 제남을 벗어나지 말도록 당부했으며 휴가비를 두둑하게 주었다.

　선부장 당무기는 저녁 식사를 차려놓고 화용군을 부르러 두 번째 전각 갑판 아래 이 층 수련실로 향했다.

　똑똑…….

　"총단주, 식사하십시오."

　당무기가 세 번씩이나 문을 두드리며 불렀으나 안에서는 대답이 없다.

　그렇다고 안에 아무도 없는 것은 아니다. 날카로운 파공음이 쌕쌕거리면서 들려오는 것으로 봐서는 화용군이 안에 있는 게 틀림없다.

당무기는 할 수 없이 마른침을 꿀꺽 삼키고 나서 조심스럽게 문을 열었다.

"으으……."

그러나 그는 곧 실내의 광경을 보고는 그 자리에 얼어붙어 부들부들 떨었다.

쉬이이…….

화용군은 간 데 없고 넓은 수련실 안에는 유령 하나가 날아다니고 있었다.

아니, 유령인지 뭔지 모른다. 어두컴컴한 실내를 괴물체 하나가 허공에서 번뜩거렸다.

슈우웅!

그러면서 그 괴물체에게서 푸른빛이 번쩍! 번쩍! 뿜어져서 사방으로 쏘아졌다.

그리고 어느 한순간 그 괴물체가 자신을 향해 무서운 속도로 쏘아오자 당무기는 오금이 저려서 그 자리에 털썩 주저앉고 말았다.

"으흐흐……."

괴물체, 즉 금강야차는 눈에서 붉고 푸른 안광을 뿜으면서 당무기를 향해 수중의 야차도를 휘둘러 찔러오다가 그가 털썩 주저앉자 움찔 동작을 멈추고 그 앞 허공에 떠 있다가 스르르 바닥에 내려섰다.

스스으으…….

금강야차는 화용군의 모습으로 돌아왔다.

그는 문이 열려 있고 당무기가 주저앉아 있는 것을 발견하곤 의아한 표정을 지었다.

"당무기."

당무기는 눈을 뜨고 있으나 초점이 없고 입에서는 침이 주르르 흘러내린 멍한 얼굴이다.

"아… 총단주……!"

그는 화들짝 놀라서 벌떡 일어섰다.

"방금 전의 그 귀신 어디 갔습니까?"

당무기는 아직도 무섭다는 듯 팔짱을 끼고 몸을 추스르면서 실내를 두리번거렸다.

"귀신이라니? 무슨 소리냐?"

"속하의 두 눈으로 똑똑히 봤습니다! 방금 전에 여기에 금강야차처럼 생긴 귀신이 이리저리 번쩍거리면서 날아다녔습니다요……!"

"금강야차?"

"그렇습니다. 총단주께선 보지 못하셨습니까?"

"아니, 못 봤네."

화용군은 고개를 저으면서 뒷짐을 지고 있는 오른손에 잡고 있던 야차도를 소매 안에 감추었다.

"그런데 무슨 일인가?"

"아… 저녁 식사 하십시오."

밥을 먹으면서 화용군은 내내 금강야차에 대한 생각에 골몰하고 있었다.

그는 자신이 금강야차로 변했다는 사실을 모르고 있다. 스스로의 모습을 볼 수가 없으니 당연하다.

그렇지만 여러 정황으로 미루어 봤을 때 그는 어떤 특별한 상황에 처하면 자신이 금강야차, 아니, 정확하게 말하면 금강야차명왕으로 변한다고 추측했다.

조금 전 당무기가 봤을 때는 운공조식을 하거나 야차도법 수련에 열중하다가 자신도 모르는 사이에 금강야차로 변한 경우다.

그는 모르지만 선부장 당무기가 기절할 정도로 놀라서 금강야차라고 중얼거리는 걸 보면 알 수 있다.

그리고 싸울 때에도 싸움에 열중하거나 극도로 분노했을 때 금강야차로 변하는 것 같았다.

그 증거로 그가 지난번 태산 남쪽에서 혈명살수, 남천고수들과 싸우고 난 이후에 그에게 탈명야차라는 별호가 붙은 게 그렇다.

필경 그 싸움에서 목숨을 건진 자들이 화용군의 모습이나 잔인함에 대해서 소문을 냈을 테고, 그래서 그런 별호가 붙었을 것이다.

'무엇 때문에 금강야차로 변하는 것인가?

그는 젓가락을 내려놓고 내심 골똘히 생각에 잠겼다.

지난 며칠 동안 그는 몸이 아팠다. 정확하게 어디가 어떻게 아픈 게 아니라 그냥 몸이 찌뿌듯하고 머리가 무거워서 기분이 나빴다.

마치 몸속에 어떤 나쁜 기운이 돌아다니고 있는데 그걸 배출하지 않아서 속이 더부룩하고 머리가 어지러운 것 같은 기분이다.

그러다가 그는 문득 다른 생각을 했다. 불현듯 은지화가 떠오른 것이다.

며칠 전 돈에 대해서 얘기할 때 그녀가 그의 무릎에 앉아서 온갖 애교를 부리면서 입술과 혀를 탐했던 기억이 떠올랐다.

그러면서 동시에 감민정하고의 일도 떠올랐다. 그녀와 정사를 할 때는 언제나 술에 만취해 있었기 때문에 기억이 제대로 나지 않았다.

그러나 정사를 하고 나면 정신이야 어쨌든 간에 몸만큼은 개운했었다. 마치 몸속의 독소를 한꺼번에 다 배출한 것처럼 말이다.

그것은 감민정하고 정사를 했기 때문이 아닐 것이다. 상대가 누구더라도 상관없이 무조건 정사를 하면 몸이 개운해지는 것일 게다.

'배출이라니……'

그는 그것이 단순하게 여자를 밝히는 자신의 나쁜 버릇 때문일 것이라고만 여겼지 달리 생각하지 않았었다. 달리 생각할 게 없다.

그런데 지금 감민정의 일을 생각하니까 그의 나쁜 버릇 때문이라고만 할 수는 없을 것 같았다.

은지화를 생각하자 갑자기 욕정이 솟구쳤다. 다른 생각은 들지 않고 그저 그녀를 취해야겠다는 더러운 욕정만 속에서 부글부글 들끓었다.

그는 지금 몹시 아프다. 이유도 없이 그냥 아프다. 몸이 아픈 건지 기분이 언짢은 건지 알 수 없지만 아픈 것만은 분명하다.

아마도 보름 넘게 여자를 안지 않아서 그런 것 같다. 그것밖에는 달리 이유가 없다. 그래서 그것을 치료하기 위해서 여자가 필요하다.

말도 안 되는 논리인데도 그게 정확한 처방이라는 확신이 들었다.

그리고 손만 뻗으면 닿는 곳에 은지화가 있다. 그녀는 그가 원하기만 하면 언제든지 응할 것이다. 그런 생각을 하니까 욕정이 참을 수 없는 상태에 이르렀다.

그러다가 어느 한순간 정신이 번쩍 들었다. 자신의 추악한 모습을 발견하고는 와락 화가 치밀었다.

"이익!"

와장창!

그는 벌떡 일어나면서 느닷없이 탁자를 뒤집어엎었다.

"아앗!"

시중을 들고 있던 하녀와 숙수가 탁자에 부딪치고 그릇에 맞아 비명을 지르며 쓰러졌다.

'이런······.'

그는 급히 두 여자를 각각 양손으로 잡고 일으켰다.

"괜찮으냐?"

"아아······."

탁자에 이마를 부딪친 숙수는 이마가 찢어져서 피가 났으며, 하녀는 넘어지면서 무릎이 까졌다.

화용군은 괜찮다고 하는 숙수와 하녀를 의자에 앉히고 깨끗한 헝겊으로 직접 피를 닦아주었다.

그녀들은 황송해서 어쩔 줄 몰라 허둥거렸으나 화용군은 그렇게 해야지만 마음이 편할 것 같았다.

"많이 까졌구나."

치마를 걷어 올린 하녀의 희고 뽀얀 무릎이 뭉개져서 피가 흐르는 걸 보고 화용군은 미간을 좁혔다.

"괜찮아요, 총단주. 저는……."

그런데 하녀의 무릎 위 토실토실한 허벅지가 시야에 들어오자 화용군은 또다시 불끈하고 욕정이 솟구쳤다. 그냥 마음만 그런 것이 아니라 아랫도리가 뻐근해졌다.

슥―

그가 무심코 손을 뻗어 허벅지를 만지자 하녀는 화들짝 놀라 몸을 움츠렸다.

"총단주……."

그녀는 화용군이 갑자기 무서운 얼굴로 돌변해서 허벅지 깊은 곳까지 손을 불쑥 집어넣자 몸이 뻣뻣해지면서 질끈 눈을 감았다.

그 광경을 보고 숙수는 조용히 일어나서 자리를 피했으나 이성을 잃은 화용군은 그것마저도 알지 못했다.

화용군의 손이 하녀의 속곳에 닿았다. 그런데 하녀는 반항하지 않고 오히려 그가 잘 만질 수 있도록 다리를 더 넓게 벌려주었다.

그의 손이 기다렸다는 듯이 속곳 사이를 비집고 들어갔다.

"아……."

하녀의 한숨 같기도 하고 신음 같기도 한 소리가 화용군의 머리 위에서 들렸다. 그 신음 소리가 불길 같은 욕정에 기름을 끼얹었다.

그의 손은 축축한 하녀의 음부에 닿았는데 그는 그녀의 신음 소리를 듣고 문득 은지화의 말이 생각났다.

은지화의 말에 의하면 용군단 휘하 수천 명은 모두 화용군의 소유라고 했었다.

그래서 은지화 자신도 화용군 소유니까 마음대로 해도 된다는 것이었다.

그러니 하녀 한 명쯤이야 어떠랴 하는 마음이 이성을 잃은 상황에서도 들었다.

지금 상황에 맞게 그런 생각이 편한 대로 떠올랐다. 평소 제정신의 그라면 생각할 수도 없는 일이다.

화용군은 마음이 더할 수 없이 착잡했다.

그가 정신이 들었을 때에는 이미 상황이 벌어지고 난 후였다. 아니, 지금도 벌어지고 있는 중이다.

저녁 식사를 하던 식당 안에서 하녀는 선 채 두 손으로 탁자를 잡고 상체를 굽힌 자세로, 치마를 허리까지 둘둘 말아 올려 허연 둔부를 드러내고 투실투실한 젖가슴을 내놓은 모습이다.

그리고 화용군은 그녀의 뒤에서 바지만 내리고 그녀의 둔부와 결합하고 있는 상태다.

그가 정신이 번쩍 든 것은 음경을 통해서 정액이 하녀의 질 속으로 폭발하듯이 분출되고 있는 순간이었다.

그 상황에서도 그의 허리는 전후 운동을 빠르게 행하고 있는 중이다.

그 순간 그는 깨달았다. 몸에서 정액이 빠져나가면 이성을 되찾는다는 사실을 말이다.

"아아… 총단주……."

탁자에 엎드린 하녀가 죽어가는 비명을 지르면서 둔부를 이리저리 마구 흔들고 있다. 익히 사내를 알고 있는 여자의 몸부림이다.

'맙소사…….'

그는 비틀거리며 뒤로 두 걸음 물러났다. 질에서 나온 악마 같은 놈이 번들거리면서 흔들렸다.

그는 황망히 바지를 입고 하녀의 치마를 내려주었다.

"아아… 총단주……."

하녀는 상체를 돌려 붉어진 얼굴로 화용군을 쳐다보며 애틋한 표정을 짓는데 드러낸 뽀얗고 풍만한 젖가슴이 이리저리 출렁거렸다.

화용군은 복잡한 표정으로 하녀를 응시하다가 중얼거렸다.

"미안하구나."

하녀는 급히 옷매무새를 고치며 똑바로 섰다.

"아, 아니에요, 총단주. 저처럼 천한 것에게 은총을 베풀어 주셔서 감읍할 따름이에요."

화용군은 하녀를 똑바로 바라볼 수가 없어서 몸을 돌려 도망치듯이 식당을 나와 버렸다.

거짓말 같은 일이다.

마음을 다스릴 수 없을 정도로 머릿속이 복잡하고 괜히 분노가 치밀었다.

식사 시중을 드는 하녀하고 정사를, 아니, 하녀 몸속에 사정을 하고 나니까 그 증상이 씻은 듯이 사라졌다. 마치 그의 정액 속에 독소가 들어 있었던 것처럼 말이다.

화용군은 자신의 거처로 돌아와서 창을 열어놓고 한동안 꼼짝도 하지 않으며 창밖 황하의 물결을 바라보았다.

예전에는 이런 황당한 일이 한 번도 없었다. 도대체 언제부터 이렇게 됐는지 모를 일이다.

'감민정이……'

그건 아니다. 감민정은 그에게 아무 수작도 부리지 않았고 단지 만취한 그를 겁탈했을 뿐이었다. 그것만은 장담할 수 있다.

그녀는 수작을 부릴 만한 위치도 처지도 아니었다. 그저 숨죽인 채 화용군이 술에 취하기만을 기다리다가 자신의 몸을 바쳐서 목숨을 연명했을 뿐이다.

그렇다면 문제는 외부가 아니라 화용군 내부에 있는 것이다. 그가 병에 걸렸거나 최면에 빠졌든가 아니면 중독된 것일 수도 있다.

그는 아주 오랜 시간 동안 그 자리에 꼼짝도 하지 않은 채 생각에 골몰했다.

자정이 다 된 늦은 밤에 은지화에게서 연락이 왔다.

방방이 보낸 사람이 무정루에 와 있다고 해서 총단선에 있던 화용군은 유엽선을 내려 무정루 포구로 향했다.

황하유가는 언제나 자정 무렵이 가장 흥청거리는 때라서 화용군이 무정루의 뒤편 포구로 들어서는데도 거리 쪽이 시끌벅적했다.

그는 저녁을 먹는 둥 마는 둥 하다가 하녀를 겁탈하다시피 한 후부터 총단선 자신의 방에서 꼼짝도 하지 않고 자정이 다 될 때까지 생각에 골몰했었다.

그러고는 자신의 현재 상태에 대해서 어느 정도 가닥을 잡는 데 성공했다.

만약 방방이 보낸 사람이 왔다는 은지화의 전갈이 없었다면 생각이 좀 더 깊어져서 그 일에 대한 결론이 났을지도 모르는 일이다.

"어서 와요."

포구에서 기다리고 있던 은지화가 유엽선에서 내리는 화용군을 반가이 맞이했다.

"총단주께선 여기에서 주무실 테니까 너는 그만 총단선으로 돌아가라."

"옙!"

은지화는 유엽선을 몰고 온 선부에게 손을 저었다.

그녀는 화용군 옆에 찰싹 붙어서 두 팔로 그의 팔을 감듯이 안아 가슴에 묻고 걸으며 만나자마자 교태를 부렸다.

"열흘이 넘도록 꼼짝도 하지 않으시다니 너무하셨어요. 제가 보고 싶지도 않으셨나요?"

은지화가 보고 싶지는 않았다. 하지만 가끔 그녀가 부렸던 교태와 몸뚱이가 머릿속에서 맴돌았었다.

그렇게 생각하니까 어쩌면 그녀의 얼굴도 조금쯤은 보고 싶었을지 모른다는 생각이 들었다.

그렇지만 화용군은 아무 말도 하지 않았다. 왜 그런 현상이 발생하는지 결론에 도달해 가고 있는 지금 그가 할 수 있는 일은 침묵하고 자중하는 것이다.

이 시점에서 또 다른 여자를 탐하고 취한다면 그의 상식이 무너지고 말 것이다. 만약 그에게도 상식이라는 것이 있다면 말이다.

　방방이 보낸 사람은 능개였다.

　화용군과 능개는 구면이다. 이 년여 전에 대풍보주와의 인연으로 능개를 만났었다.

　원래 대풍보주는 매월 일정한 돈을 주고 능개를 정보통으로 쓰고 있었다.

　"방방과 나는 친구요."

　개방의 누비옷이 아닌 평범한 복장으로 변장한 능개가 벙긋 입으로만 미소 짓는 것을 인사로 삼아 말문을 열었다.

　"방방은 잘 있소?"

　"북경 밖으로 나가지 못하는 것 빼고는 그럭저럭 지내고 있소. 그래서 날 이리 보낸 것이오."

　능개는 매우 긴장한 표정이 역력했다. 그는 경계하는 얼굴로 은지화를 힐끗 쳐다보았다.

　"단둘이 얘기할 수 있겠소?"

　그 말이 은지화를 살짝 기분 나쁘게 만들었다. 그녀는 화용군 옆에 나란히 찰싹 붙어 앉으며 뾰족한 콧날을 더 높게 세우며 냉소했다.

　"흥! 이분의 첩인 날 무엇으로 여기는 거예요?"

"첩?"

능개는 은지화처럼 눈이 뒤집힐 정도로 아름다운 여자가 화용군의 일개 첩이라는 말에 눈을 휘둥그렇게 떴다.

무엇보다 놀라운 것은 그녀 스스로 첩이라는 말을 했다는 사실이다.

"무슨 말인지 해보시오."

화용군은 은지화가 또 무슨 말을 할지 몰라서 손을 저으며 능개를 재촉했다.

능개는 자신이 지금부터 하게 될 말의 내용 때문에 더욱 긴장했다.

"개방을 비롯한 구파일방이 화 형제의 일로 북경에 모인 사실을 알고 있소?"

화용군은 묵묵히 고개를 끄떡였다.

"회합 결과부터 말하겠소."

능개는 뜸들이지 않았다.

화용군은 팔짱을 끼고 들었다.

"구파일방은 일단 화 형제를 적으로 간주하기로 결정을 내렸소."

화용군은 표정의 변화가 없다. 그럴 수도 있을 것이라고 예상하고 있었기 때문이다.

다만 그것이 현실이 됐다는 능개의 말을 들으니까 피가 싸늘하게 식는 기분이다.

"그래서 먼저 무당파에서 사람을 보내 화 형제를 설득해보기로 했소."

"뭘 설득한다는 것이오?"

"화 형제가 구파일방에게 순순히 무릎을 꿇고 벌을 받으라고 말이오."

화용군의 입가에 비릿한 조소가 매달렸다.

"내게 무슨 죄가 있다고 하오?"

"무고한 인명을 너무 많이 살해했다는 죄목이오."

"무고한?"

화용군은 속이 뒤틀렸다.

"혈명살수와 남천고수들이 무고하다는 것이오?"

"구파일방에서는 태산 남쪽에서의 싸움에 혈명살수들이 있었다는 사실을 모르고 있소."

"모르는 게 아니라 알면서도 모르는 체하는 것이겠지."

능개는 씁쓸한 표정을 지었다.

"사실은 개방이 정보를 흐려놓았소."

화용군의 미간이 더 좁아졌다.

"그럴 줄 알았소."

구대문파들은 바보가 아닐 텐데 개방이 중간에서 사실을 왜곡하며 농간을 부리지 않았다면 그들이 모를 리가 없다.

모르긴 해도 개방, 아니, 개방삼장로의 취룡신개가 주축이 되어 수작을 부린 것이 틀림없다.

쿵!

"그자를 그때 죽여 버렸어야 했는데……."

화용군이 손바닥으로 탁자를 치며 내뱉듯이 말하자 능개는 움찔하더니 의아한 표정을 지었다.

"누굴 말이오?"

"취룡신개라는 쥐새끼 말이오."

능개는 의아한 표정을 지었다.

"이 장로의 말에 의하면, 화 형제가 비겁하게 이 장로를 다른 곳으로 유인해 놓고는 본 방 제남분타의 형제들을 몰살시켰다고 하던데, 틀린 말이오?"

"취룡신개가 그리 말했소?"

화용군은 그 당시에 취룡신개가 말리지 않았으면 흑비개 한 명만 죽였을 것이라는 사실과, 마지막에는 취룡신개가 잔뜩 겁먹어서 바닥에 주저앉아 벌벌 떨었다는 말을 간략하게 해주었다.

"그토록 강직한 이 장로가……."

능개의 얼굴이 보기 싫게 구겨지면서 날카로운 눈빛으로 화용군을 뚫어지게 주시했다.

화용군의 얼굴에서 그가 한 말의 진위를 살피려는 것이다.

하지만 그의 표정이 너무도 완고해서 도저히 거짓말이라고는 생각되지 않았다.

더구나 능개는 화용군을 한 번 겪어본 적이 있었고, 또 방방에게 그에 대해서 자세히 설명을 들었기에 그가 거짓말을 하지 않는다는 사실을 알고 있다.

하지만 이 장로 취룡신개가 벌벌 떨면서 목숨을 구걸했다는 것은 도저히 믿어지지 않는 일이라서 이런 반응을 보일 수밖에 없는 것이다.

구파일방의 회합 결과 때문에 속이 뒤틀린다고 해도 화용군은 능개의 말을 끝까지 다 들어보기로 했다.

그는 자신의 복수를 하려는 것뿐이고, 이 모든 일은 남천왕과 감태정이 꾸몄으나 세상은 그런 사실을 있는 그대로 직시하지 않고 있다.

세상의 잣대는 화용군이 생각했던 것처럼 그다지 정의롭지 않은 것 같았다.

"그래서 무당파에서 사람을 보내 날 설득하지 못하면 그다음에는 어떻게 한답디까?"

"음… 구파일방의 이름으로 화 형제를 공적(公敵)으로 선포할 것이오."

"공적?"

화용군은 '공적'이라는 말을 이 자리에서 처음 들어본다.

'공적'을 글사 그내로 해석하면 뜻은 알겠지만 징확하게 일고 싶었다.

능개는 착잡한 표정을 지었다.

"그리되면 백도, 그러니까 정파 전체가 화 형제를 죽이려고 할 것이오."

"그런 말도 안 되는……."

화용군은 아무 말도 하지 않고 가볍게 인상만 쓰는데 은지화가 안색이 해쓱해져서 떨리는 목소리를 흘려냈다.

은지화는 마치 능개가 화용군을 죽이려는 것처럼 그에게 날카롭게 쏘아붙였다.

"이분이 뭘 잘못했다고 죽이려 한다는 건가요? 말해봐요! 뭘 잘못했죠?"

"어어… 저기… 나는……."

능개는 당황해서 두 손을 마구 저었으나 은지화에겐 통하지 않았다.

"나도 이분이 어떤 일을 하셨는지 대충은 알고 있어요! 하지만 무림공적이 될 정도로 나쁜 짓은 하지 않았어요! 그런데도 구파일방이라는 자들은 무조건 억지를 쓰다니, 그게 말이나 될 법한 일인가요?"

"이거 참……."

화용군은 너무 분하고 억울해서 눈물까지 글썽이고 있는

은지화의 허벅지를 탁자 아래에서 손으로 가만히 눌렀다.

"그만해라."

"하지만……."

그녀의 허벅지에 얹어진 화용군의 커다란 손에 지그시 힘이 들어갔다.

"이제 됐다."

"네."

"그래서 방방은 나더러 어쩌라는 것이오?"

"화 형제가 당분간 제남을 떠나 있으면 하오."

화용군의 뺨이 씰룩거렸다.

"나더러 피하라고?"

"소나기는 피하고 보자는 것이오."

화용군의 얼굴이 굳고 차가워졌다.

"무당파에서 누가 오기로 했소?"

"무당팔검(武當八劍)이오."

능개 얼굴에 곤혹한 빛이 어렸다.

"무당팔검은 일대제자들로 구성되어 있으며, 무당파 내에서 장문인과 삼장로, 현천사검(玄天四劍) 아홉 명을 제외하곤 가장 고강하오."

화용군은 제남을 떠나는 일 따윈 하지 않을 것이라고 이미 마음을 굳혔다.

능개는 그의 표정에서 이미 내심을 읽었으나 다시 한 번 종용했다.

"무당팔검은 아마 내일 오전 중으로 제남에 당도할 것이오. 그들과 부딪친 후에 마음을 바꿔봐야 소용이 없소."

능개는 화용군이 아무리 고강하다고 해도 무당팔검 앞에서는 어쩔 수 없을 것이라고 단정했다.

능개는 화용군이 입을 굳게 닫고 바위처럼 꿈쩍도 하지 않자 다른 방법을 내놓았다.

"그렇다면 이곳에 은신하여 모습을 드러내지 마시오. 무당팔검이라고 해도 화 형제를 찾지 못한다면 어쩔 방도가 없을 것이오."

그렇게 말하면서도 능개는 화용군이 숨어 있는 짓 따위는 하지 않을 것이라는 느낌을 받았다.

"이건 다른 얘기오만……."

능개가 약간 힘없는 목소리로 말했다.

"대풍보주를 기억하시오?"

화용군은 말없이 고개를 끄떡였다.

예전에 화용군이 혈명단 북경지단인 통천방에서 알아낸 사실, 즉 대풍보와 수로(水路)를 놓고 다툼을 벌이는 진도방이 혈명살수 백 명을 용병으로 사서 대풍보를 치려고 한다는 것을 대풍보에 알려준 일이 있었다.

그로 인해서 대풍보는 오히려 진도방과 혈명살수들을 역습하여 큰 승리를 거두었다.

대풍보주 백무에겐 금지옥엽 혼혈인 딸 백표가 있는데 그 당시 그녀의 나이는 십사 세였었다.

하지만 겨우 십사 세인 백표는 화용군이 알고 있는 그 어떤 여자보다도 더 성숙한 몸을 지니고 있었다.

그 당시에 백표는 몸에서 호취(狐臭:암내)가 매우 심하게 나서 근처에 사람이 접근할 수 없을 정도였다.

그런데 유독 화용군만이 그녀에게서 호취를 전혀 느끼지 않았다.

뿐만 아니라 외려 그녀에게서 더할 수 없이 상쾌한 향기를 느꼈었다.

"대풍보주가 화 형제를 찾고 있소."

"무엇 때문이오?"

능개는 이맛살을 찌푸렸다.

"아마… 남천왕 때문일 것이오."

"남천왕?"

"남천왕이 대풍보에게 협조를 강요하고 있소."

"대풍보에게?"

화용군은 믿어지지 않는다는 듯 눈살을 찌푸렸다. 대풍보는 북경에서 남서쪽으로 백여 리 거리에 있는 산방현을 장악하고 있는 방파다.

말 그대로 일개 현의 패자 정도일 뿐인데 남천왕이 대풍보를 탐낸다는 게 이상했다.

능개는 화용군이 이해하기 어렵다는 표정을 짓는 것을 보고 말을 이었다.

"예전 대풍보를 생각하면 안 되오."

능개가 그 이유를 설명했다.

"그때 화 형제가 혈명단 대전사들의 급습에 대해서 알려준 일이 계기가 되어 대풍보는 진도방을 흡수하고 여세를 몰아 그 일대의 방파들을 차례차례 정복해 나갔었소."

화용군으로서는 금시초문이다.

"현재 대풍보는 하북성의 칠 할을 지배하고 있소. 하북남서 지역의 패자외다. 대풍보에 굴복한 백삼십여 개 방, 문파는 모두 대풍보의 분타가 되었으며 고수, 무사의 수효만 해도 자그마치 오만에 이르오."

이 년 반 사이에 대풍보가 괄목할 만한 약진을 했다는 것은 놀라운 일이다.

또한 그 정도면 남천왕이 능히 군침을 흘릴 만하다. 남천왕이 대풍보를 수중에 넣으면 호랑이에게 날개가 달린 격이 될 터이다.

"내가 남천왕에게 원한이 있다는 사실을 대풍보주가 알고 있소?"

능개는 고개를 끄떡였다.

"그렇소. 방방이 내풍보주를 만나서 화 형제에 대해서 더 얘기했소."

"음."

"남천왕은 대풍보의 막강한 세력과 자금, 대풍보가 장악하고 있는 하북성 전역의 거미줄 같은 수로를 원하오."

능개는 화용군의 표정을 살피면서 말했다.

"대풍보주를 만날지의 여부는 내일 중으로 알려주시오."

"내가 무림의 공적이라고?"

무정루 별채 자신의 침실 침상에 걸터앉은 화용군은 굳은 얼굴로 중얼거렸다.

화용군의 사부였으며 구주무관의 관주였던 단운택은 무당파의 속가제자였다.

그리고 화용군이 배운 무공이 무당검법이므로 구파일방에 앞서 무당파가 먼저 화용군을 만나려고 하는 것은 어쩌면 당연한 일이다.

화용군은 피하지 않고 무당팔검을 직접 만나볼 생각이다.

그래서 그들이 동문(同門)으로서 자신을 대하는지 적으로서 대하는지 알아볼 심산이다.

어떻게 해야 할지 결정은 그다음에 내린다.

원래는 하녀가 할 일을 은지화가 직접 들어와서 화용군의
침상을 손보았다.

"총단주, 적적하지 않으시겠어요? 천첩이 말벗이라도 돼드
릴까요?"

화용군을 어떻게 해보려고 작정을 한 듯한 은지화가 침상
에 걸터앉은 그의 무릎에 앉으려고 하면서 교태를 부렸다.

화용군은 그녀의 탱탱한 둔부를 가볍게 때렸다.

"너도 그만 가서 자라."

철썩!

"아얏!"

은지화는 홱 돌아서더니 화용군을 마주 보는 자세로 그의
무릎에 앉았다.

"흐응… 총단주."

"왜 그러느냐?"

은지화는 두 손으로 화용군의 머리를 감싸고 그의 입술에
자신의 입술을 비비면서 뜨거운 숨결을 토해냈다.

"하아… 천첩은 총단주의 부인이 되겠다는 욕심 같은 건
없어요……."

화용군은 묵묵히 가만히 있었다.

"그냥 당신의 사랑만 원해요. 천첩을 당신의 여자로 받아 주세요… 네?"

　화용군은 은지회의 양 허리를 붙잡아서 가볍게 일으키고는 엄한 얼굴로 꾸짖었다.

　"어서 가서 자라."

　그가 엄한 표정과 목소리로 꾸짖는 데도 은지화는 무서워하기는커녕 안타까운 표정을 지으면서 그의 입에 입맞춤을 하고는 돌아섰다.

　"휴우… 무정한 사람 같으니……."

　어떤 사람에겐 무림이 자신의 전부이지만, 은지화에겐 화용군이 인생의 목표이고 전부가 돼버렸다. 그녀의 인행은 화용군을 만남으로써 완전히 변했다.

제54장

─────

야차도의 비밀

'이것은 도대체……'

동이 트기 전에 잠에서 깬 화용군은 침상에 가부좌로 앉아서 역천심법을 운공조식하다가 체내에서 이상한 현상이 벌어지자 적잖이 놀랐다.

운공조식이 정점에 이르렀을 때 체내에서 괴이한 기운 한 덩이가 이리저리 돌아다니는 것을 느낀 것이다.

예전에는 없었던 기운이지만 생각해 보면 그것이 어떻게 해서 생성됐는지 전혀 모를 것 같지는 않았다.

아까 총단선 수련실에서 마지막 운공조식 때 기분이 불쾌

헤지고 알 수 없는 회가 치밀었었다.

그래서 야차도를 뽑아 미친 듯이 야차도법을 연마했으며 그 당시에 그는 금강야차명왕의 모습으로 변해 있었다.

그때 선부장 당무기가 저녁 식사를 하라고 알리러 왔었다.

그래서 화용군은 체내에서 부글거리는 괴이한 기운을 억누르고 식사를 하러 갔었다.

그러나 끓어오르는 기운을 이기지 못하고 탁자를 뒤집어엎었으며 끝내 하녀를 범하고 말았었다.

그를 분노하게도 욕정이 들끓게도 만들었던 그 기운이 지금 체내에서 돌아다니고 있는 것이다.

아니, 원래 돌아다니고 있었을 텐데 지금 역천심법을 운공하다가 새삼스럽게 느낀 것이다.

예전에 사부로부터 배운 무당파의 청령진기공을 운공조식했을 때에는 이런 현상이 추호도 없었다.

화용군은 운공조식을 멈추고 골똘히 생각에 잠겼으나 아무리 생각해도 원인을 알 수가 없다.

'그래! 천보에게 물어보자!'

그는 자리를 박차고 일어나 즉시 옷을 입고 그 길로 밖으로 나왔다.

천보는 의술뿐만 아니라 다방면에 해박한 지식을 지니고 있으며 역천심법은 그녀가 만들었으니 왜 그러는지 원인을 알 수도 있을 것이라는 생각이다.

축시(새벽 2시)가 넘은 시각이지만 날이 밝으면 무당팔검이라는 자들이 오기 때문에 그전에 이 문제를 해결해야만 한다고 판단했다.

구주무관 곳곳은 동명고수들이 삼엄하게 경계를 하고 있지만 화용군으로서는 무사통과다.

그가 천보의 거처에 이르렀을 때 잠옷 차림의 호랑이 문을 열고 하품을 하면서 나왔다. 화용군이 왔다고 동명고수에게 보고를 받은 것이다.

"무슨 일이냐?"

"공주를 만나러 왔다."

화용군이 전각 안으로 성큼성큼 들어가자 호랑이 뒤따르며 핀잔을 주었다.

"웬만하면 아침에 오지 이렇게 늦은 시각에 오느냐?"

화용군은 지금 기분이 매우 좋지 않다. 역천심법을 운공조식하여 정체 모를 괴이한 기운이 체내에서 제멋대로 돌아다니고 있기 때문이다.

지금까지 그가 알아내고 또 경험해 본 바에 의하면 그 기운은 그를 분노하거나 욕정의 노예로 만들었다.

모르긴 해도 어쩌면 지난번 감태정을 비롯한 혈명살수들

과 남천고수들과 싸웠을 때에도 그 기운이 대단한 역할을 담당한 것이 분명했을 터이다.

"인마, 내 말 안 들리느냐?"

척—

화용군이 대꾸하지 않고 걸어가기만 하자 호랑은 그의 어깨를 잡으면서 떽떽거렸다.

콱!

"끅……."

그 순간 화용군이 번개같이 상체를 뒤로 돌리는 것과 동시에 손을 뻗어 호랑의 목을 움켜잡았다.

그가 팔을 쭉 뻗어 허공으로 들어 올리자 두 발이 바닥에서 한 자나 떠오른 호랑은 얼굴이 금방이라도 터질 듯이 새빨개져서 두 팔을 미친 듯이 휘둘렀다.

"끄으으……."

그렇지만 화용군에 비해서 팔이 훨씬 짧은 그녀의 팔은 그저 허공을 허우적거릴 뿐이다.

"건방진 년……."

화용군은 두 눈에서 시퍼런 광망을 뿜으면서 중얼거렸다. 그는 호랑이 어깨를 만지는 순간 이성을 잃었다. 이런 증세는 점점 더 심해지고 있다.

그런데 발버둥을 치던 호랑의 앞섶이 흐트러지면서 젖가

승이 출렁 절반쯤 돌출됐다.

화용군의 체내의 기운은 분노와 욕정을 분간하지 못한다.

척!

그는 호랑의 목을 움켜잡은 채 바로 앞에 있는 문을 열고 안으로 들어갔다.

화용군은 일각쯤 후에 방에서 나와 천보의 방 쪽으로 비틀거리며 걸어갔다.

걸어가다가 그는 제정신이 돌아왔다. 아니, 호랑에게 세차게 뺨을 한 대 얻어맞고 잠시 정신을 차린 것뿐이다.

호랑을 강간하려다가 그녀에게 뺨을 얻어맞고 번뜩 정신이 돌아와 방을 나왔으나 아직 체내의 괴이한 기운이 사라진 것은 아니다.

"저 미친 새끼……."

호랑은 입고 있던 잠옷이 갈가리 찢어진 채 어두컴컴한 바닥에 누워서 욕설을 중얼거렸다.

걸레처럼 찢어진 옷은 옆에 흩어져 있고 그녀의 몸은 전라나 다름이 없는 상태다.

눈으로 보이지는 않지만 조금 전에 그녀의 몸에 한 차례 거센 태풍이 휩쓸고 지나갔다.

이성을 잃은 화용군이 그녀를 강간하려고 온몸을 짓밟다가 그녀에게 따귀를 얻어맞더니 벌떡 일어나서 아무 일 없다는 듯 나가 버린 것이다.

호랑의 은밀한 부위는 화용군의 집중적인 공격으로 초토가 되었다.

얼마나 심하면 호랑은 그 부위가 너무 욱신거려서 일어서는 것도 힘들었다.

"이런……."

순간 호랑은 화용군이 천보공주에게 갔다는 사실을 깨닫고 정신이 번쩍 들었다.

호랑은 다급하게 자신의 방으로 가서 부랴부랴 옷을 입고 검을 쥐고는 천보의 방으로 달려갔다.

화용군과 천보가 서로 사랑하는 사이고, 동명왕으로부터 혼인하라는 허락을 받은 연인 관계라고 해도 조금 전 화용군의 미치광이 같은 행동으로 봤을 때 필경 천보에게 무슨 짓을 저지를 게 분명하다고 예상했다.

왈칵!

"공주 마마!"

호랑은 들어가겠다고 허락을 구할 겨를도 없이 문을 벌컥 열고 안으로 달려 들어갔다.

그런데 실내에는 호랑으로서는 전혀 예상하지 못했던 광경이 벌어져 있었다.

　화용군은 바닥에 다정하게 가부좌로 앉아서 운공주식을 하고 있으며, 잠옷 차림의 천보는 그 앞에 의자를 갖다놓고 꼿꼿하게 앉아 있었다.

　천보가 호랑을 쳐다보며 조용히 말했다.

　"물러가세요."

　"공주님, 저놈은……."

　"무엄하군요."

　천보는 그저 담담한 얼굴로 말했으나 호랑은 찔끔하여 즉시 허리를 굽히고 방문을 닫고 물러났다.

　한 차례 운공조식을 하고 난 화용군은 현재 자신의 상태에 대해서 천보에게 자세히 설명했다. 조금도 숨기지 않고 모두 다 말했다. 그래야지만 해결책을 찾을 수 있을 것이기 때문이다.

　그는 체내에서 괴이한 기운이 아까보다 더 활개 치는 것을 느끼면서 무슨 일이 있어도 천보에게는 실수를 하지 않으려고 전력을 다해 애썼다.

　"이리 와서 누워보세요."

　천보는 화용군의 손을 잡고 일어나서 침상으로 이끌었다.

그런데 화용군이 손을 뿌리치자 친보는 놀라서 그의 얼굴을 쳐다보았다.

화용군은 지금 분노와 욕정을 물리치느라 진땀을 흘리고 있는데 그녀가 손을 잡자 한순간 불끈하고 욕정이 거세져서 화들짝 놀라 그녀의 손을 뿌리친 것이다.

또한 천보는 침상에 눕고 있는 화용군이 얼굴에서 굵은 땀방울을 흘리는 것을 발견했다.

그래서 그가 욕정을 이기느라 전력을 다하고 있다는 사실을 짐작했다.

엄숙한 표정의 천보는 침상에 똑바로 누워 얼굴을 찌푸리고 있는 화용군의 몸을 두 손으로 더듬으면서 혈도를 차근차근 살펴보았다.

"으음……."

그녀의 손길이 몸에 닿자 화용군은 마치 시뻘겋게 달군 인두로 지지는 것처럼 몸을 움츠렸다.

천보는 안쓰러운 얼굴로 그를 보면서 두 손을 뗐다가 다시 더듬으며 살폈다.

그가 괴로워하는 모습을 보니 그만두고 싶지만 그보다는 한시바삐 원인을 밝혀야 하기 때문이다.

"으윽……."

와락!

"앗!"

결국 화용군은 욕정이 온몸을 태워 버릴 것 같아서 천보를 힘껏 끌어안아 자신의 몸 위에 엎어지게 했다.

"흐으으……."

그는 실성한 듯 헐떡이면서 천보의 입술을 덮치고 두 손으로는 온몸을 더듬었다.

확!

"아……."

그는 천보를 붙잡아서 아래로 향하게 하고 자신은 위에서 그녀를 찍어 누르는 자세를 취했다.

그때 천보는 화용군의 오른팔 안쪽에 단단한 물체가 있는 것을 느꼈다.

'야차도!'

천보는 반사적으로 야차도에 대한 전설과 문헌을 떠올렸다.

전설은 천하가 악으로 만연해지면 부처님이 자신의 권속인 팔부신중(八部神衆) 혹은 용신팔부(龍神八部)를 지상에 보내어 천하를 정화시키고 중생을 구제한다고 전한다.

거기에 대해서 기술한 문헌에 의하면 하늘이 내린 야차도는 오로지 역천맥을 지닌 사람만이 주인이 될 수 있으며, 역천맥과 야차도가 하나가 되면 비로소 진정한 금강야차명왕이 된다고 했다.

화용군의 설명을 듣고서도 천보는 그가 야차도를 갖고 있다는 사실에는 미처 생각이 미치지 않았었다.

그즈음 화용군은 천보의 상의를 찢고 그녀의 젖가슴에 얼굴을 묻은 채 게걸스럽게 빨아대고 있었다.

확!

"용 가!"

천보는 두 손으로 그의 얼굴을 잡고 들어 올리며 큰소리로 외쳤다.

"흐으……."

"몸에서 야차도를 떼어내 봐요!"

"크으으……."

그러나 이미 욕정의 화신으로 돌변한 화용군의 귀에 그녀의 말이 들리지 않았다.

화용군과 천보 두 사람 다 전라의 몸이 되어 한 덩이로 뒤엉켜 있다.

"헉헉헉……."

천보는 자신을 짓밟는 행위에 몰두해 있는 화용군의 오른팔 안쪽에서 간신히 야차도를 분리하여 침상 아래 바닥에 내던졌다.

"으헉헉……!"

그러자 화용군이 갑자기 동작을 뚝 멈췄다. 그는 자신의 몸 아래에 누워 있는 천보를 멍한 얼굴로 굽어보았다.

"이게 도대체……."

"아아……."

천보는 제정신이 돌아온 화용군을 올려다보면서 긴 한숨을 토해내더니 갑자기 그의 가슴에 얼굴을 묻었다.

"흑……."

화용군은 천보가 나신이 되어 있으며 자신 또한 나신으로 그녀의 몸에 엎드려 있다는 사실을 깨달았다.

슥…….

뿐만 아니라 상체를 일으키다가 자신과 천보가 정사를 하고 있는 중이라는 사실마저 깨닫고 망연자실했다.

"천보……."

"이제 됐어요."

천보는 두 팔로 그의 등을 꼭 끌어안았다.

"소녀는 어차피 당신의 여자지만 이성을 잃은 당신에게 짓밟히는 것은 싫었어요. 하지만 이젠 괜찮아요."

"아아… 천보, 나라는 놈은 대체……."

"싫어요. 그런 말씀 하시면……."

천보가 자신의 뺨을 어루만지면서 위로를 하자 화용군은

의아한 표정을 시었다.

"어떻게 내가 제정신을 차린 것이오? 사정을 한 거요?"

그의 경험으로 정사를 하다가 사정을 하면 제정신이 돌아왔었다.

"당신 몸에서 야차도를 떼어냈어요."

천보는 침상 바닥에 떨어져 있는 야차도를 가리켰다.

"야차도는 보통 사람에겐 그저 평범한 쇠붙이일 뿐이에요. 하지만 역천맥을 지닌 사람에겐 엄청난 신병이기(神兵利器)라고 해요."

"아……."

"소녀는 야차도와 당신을 합일(合一)시킬 수 있는 방법을 생각해 봤어요. 그것은……."

"천보."

화용군은 그윽하게 그녀를 굽어보았다.

"네?"

"하던 일을 끝마치고 나서 얘기하면 안 될까?"

천보의 얼굴이 화끈 달아올랐다.

화용군은 허리에 약간 힘을 주었다.

"아아……."

그는 자지러지는 천보가 너무도 사랑스러워서 그녀를 품에 꼭 안고 천천히 몸을 움직였다.

화용군은 야차도를 몸에서 분리한 상태에서 역천심법을 운공조식해 보았다.

　연속으로 두 차례 운공조식을 했지만 분노와 욕정 때문에 이성을 잃는 일은 벌어지지 않았다.

　그러나 한 가지 좋지 않은 일이 발생했다. 원래 그는 오대산에서 이 년여 동안 혹독한 연마를 마치고 하산했을 때 백년 공력을 지녔었다.

　그 이후 꾸준한 운공조식으로 이십 년 정도 더 증진하여 이 갑자 백이십 년에 가까운 공력을 지니게 됐었다.

　그런데 야차도를 떼어놓고 운공조식을 해본 결과 공력의 절반밖에 생성되지 않는 것이었다.

　"야차도를 몸에 지닌 채 해보세요."

　천보는 침상에서 내려오지 않고 엎드린 자세로 이불을 덮은 채 화용군을 보면서 주문했다.

　슥―

　"그건 조금 이따가 하지."

　"어맛?"

　화용군은 바닥에서 일어나 침상으로 다가갔다. 전라 상태인 그가 정면에서 걸어오자 천보는 깜짝 놀라면서 얼른 눈을 감았다.

화용군은 야차도를 몸에서 떼어낸 상태에서 천보와 뜨겁고도 긴 사랑의 행위를 밤새 나누었다.

도대체 몇 번이나 정사를 나누었는지조차도 모를 정도였다.

화용군은 지금껏 몇 명의 여자와 사랑을 나누었지만 천보하고는 비교 자체가 되지 못했다.

천보는 우물이었다. 오죽하면 화용군은 그녀의 몸속에 삽입한 상태에서 사정을 하고는 재차 몇 번이나 정사를 계속했었다.

세간에서는 여자의 질(膣)을 두고 명기(名器)니 뭐니 이러쿵저러쿵 평가를 하고 점수를 매기는 등 말이 많으며 화용군은 그것에 대해서 모르고 있지만, 어쨌든 그가 경험하기로는 천보의 그것이 천하제일이다.

동이 터서 실내에 부윰한 빛이 가득 들어와 있는 지금도 그는 자신의 몸 위에 천보를 올려놓은 채 그녀의 질에서 그것을 빼지 않은 상태로 있다.

그러면서도 그의 남성은 여전히 성난 채 분이 풀리지 않은 것처럼 단단했다.

화용군은 만일 자신이 모진 결심을 하고 침상에서 내려오지 않는다면 이렇게 천보하고 정사를 벌이다가 꼬챙이처럼 말라비틀어져서 죽을지도 모른다는 생각마저 들었다.

화용군은 자신의 몸 위에 엎드려 있는 천보의 매끄럽고 부드러운 둔부를 두 손으로 쓰다듬다가 슬쩍 아랫도리에 힘을 주며 올려붙였다.

"아⋯⋯."

화용군 어깨에 뺨을 대고 있던 천보가 깜짝 놀라서 신음을 토하며 상체를 들었다.

화용군은 코앞에서 흔들리는 그녀의 젖가슴을 입에 물고 빨면서 다시 천천히 허리를 움직였다.

그는 여자가 처음 순결을 바치게 될 때 얼마나 고통스러워하는지에 대해서는 추호도 모르고 있다.

만약 알고 있었다면 이런 식으로 천보에게 고통을 주지 않았을 것이다.

"힘들지 않아요?"

그러나 천보는 외려 화용군을 염려했다.

"힘들기는, 기운이 펄펄 나는걸?"

슥―

"아!"

화용군은 기운차게 자세를 바꾸었다. 그런데 약간 동작이 어긋나서 천보가 엎드리는 자세가 되었고 그는 그 위에 엎드리게 되었다.

천보가 화용군을 향해 똑바로 누우려고 버둥거리자 그는 그냥 그 자세에서 결합을 해버렸다.

"아아……."

천보는 등에 날카로운 화살이 꽂힌 것처럼 자지러졌다.

호랑은 천보의 방문 앞에서 밤새 꼼짝도 하지 않고 방 안의 동정을 살피고 있었다.

'저 짐승 같은 놈이 또…….'

호랑은 화용군이 천보를 짓밟는 횟수를 세다가 포기했을 정도였다.

그런데 저놈이 날이 훤하게 밝았는데 또 천보를 괴롭히고 있는 것이다.

처음에 호랑은 화용군이 천보를 다치게 할까 봐 염려가 되어 방문 밖에서 지키고 있었으나 나중에는 그런 위험이 사라졌는데도 자리를 떠나지 못했다.

그 이유는 호랑 자신도 알지 못했다. 다만 화용군이 자신을 능욕하려고 했던 광경이 자꾸만 되살아났고 그에 대한 미움과 질투가 활화산처럼 솟구쳤다.

'죽일 놈…….'

호랑은 방문 옆에 등을 기대고 서서 문틈 사이로 새어 나오고 있는 격렬한 신음 소리를 들으며 이를 갈았다.

천보는 화용군에게 처방을 내려주었다.

하지만 근본적인 처방이 아니라 임시방편이다. 즉, 역천심법을 운공조식할 때에는 반드시 몸에서 야차도를 분리하고, 꼭 운공조식을 해야 한다면 자신을 통제할 수 있는 장소에서 하라는 것이다.

"알았죠?"

침상에 엎드린 자세로 있는 천보는 자신의 몸 위에 포개듯이 엎드려 있는 화용군을 돌아보면서 빨개진 얼굴로 상냥하게 말했다.

"그래."

화용군은 대답을 하고 몸을 일으켜 침상에서 내려왔다.

"앗!"

천보는 밤새도록 자신의 몸 안에 있던 것이 갑자기 쑥 빠지니까 깜짝 놀랐다.

그러면서 몸의 한쪽이 떨어져 나간 것처럼 허전하고 또 찢어질 듯이 아프기도 했다.

천보는 온몸이 부서질 것처럼 아팠으나 간신히 몸을 일으켜서 앉아 이불로 몸을 가렸다.

"랑이."

화용군은 옷을 입으면서 문을 향해 조용히 말했지만 아무런 반응이 없다.

"너 문 밖에 있는 거 안다."

스윽…….

그제야 문이 열리면서 호랑이 조심스럽게 들어서는데 화용군을 사납게 쏘아보고 있다.

옷을 다 입은 화용군은 침상에 나신으로 앉아 있는 천보를 가리키며 문으로 향했다.

"나는 급히 갈 곳이 있으니 네가 공주를 돌봐라."

호랑은 화용군과 천보를 번갈아 쳐다보면서 당황한 표정을 지었다.

그녀는 상전인 천보의 나신을 가끔 보기는 했었지만 지금처럼 정사가 끝난 직후의 모습을 보기는 처음이고 이런 상황이 어색해서 당황했다.

어색하기는 천보도 마찬가지다. 두 여자는 화용군이 나간 후에도 한동안 그런 상태로 있었다.

무정루로 돌아온 화용군은 먼저 용군단 광성전 제남분전주를 불렀다.

광성전 제남분전주 소학봉(蘇鶴奉)은 화용군하고 자주 만나다 보니까 얼굴이 익었다.

"무당팔검이 제남으로 들어오는 것과 들어온 이후 그들의 일거수일투족을 감시하게."

"무당팔검입니까?"

"그러네. 어렵겠나?"

소학봉이 무림 최고문파 중 하나인 무당파, 그중에서도 후기지수의 최고봉인 무당팔검을 모르고서는 용군단의 눈과 귀인 광성전 제남분전주라는 지위를 감당하지 못할 것이다.

그는 '무당팔검'이라는 말에 자신도 모르게 몸이 굳었다.

"총단주, 저희 제남지전(濟南支殿)의 인원은 십오 명뿐입니다. 더구나 저희는 정보수집이 주된 업무라서 감시 같은 것은 서툽니다."

소학봉이 울 것처럼 말하자 화용군은 잠시 생각하다가 방법을 알려주었다.

"천도무관의 양정을 찾아가서 도움을 청하게."

"천도무관 총관 양정 말씀입니까?"

소학봉은 광성전 제남분전주답게 양정에 대해서도 잘 알고 있었다.

화용군은 고개를 끄떡였다.

"천도무관의 힘을 빌리면 가능하겠나?"

"물론입니다."

소학봉은 대답하자마자 예를 취하고 밖으로 달려 나갔다.

화용군은 무당팔검을 어떻게 상대할 것인지에 대해서 잠시 생각하다가 오른팔에서 야차도를 빼낸 후에 운공조식을 시작했다.

화용군이 운공조식을 끝내고 눈을 뜨자 탁자 앞의 의자에 은지화가 오도카니 앉아서 손으로 턱을 괴고 그를 감상하듯이 응시하고 있는 걸 발견했다.

은지화의 표정은 마치 한 폭의 훌륭한 그림을 감상하듯 몽롱했다.

그녀는 자신이 화용군을 사모하고 있는 마음을 가슴에 감추지 않고 마음껏 드러낼 수 있게 되었다는 사실을 자랑스럽게 생각했다.

슥—

"은 단주."

"……."

화용군이 은지화를 용군단 제남지단주의 지위를 갖춰서 부르자 그녀는 멍한 표정을 지었다.

화용군은 천보와 정사를 나누면서 은지화에 대한 생각을 여러 번 했었다.

그가 천보와 정사를 한 것은 백년가약을 맺은 것이나 다름이 없다.

그러므로 다른 여자의 유혹에 쉽사리 흔들리거나 육체적으로 접하는 것은 천보를 모욕하는 것이라는 생각이 들었다.

그것이 비록 야차도 때문이었다고 해도 그는 자신을 용서하기가 어려웠다.

그래서 앞으로나마 여자를 각별히 조심하는 길만이 천보를 능멸하지 않는 일이라고 생각했다.

그러다가 그는 문득 한련이 떠올랐다. 그의 선친과 한련의 선친은 살아생전에 화용군과 한련이 성장하면 혼인을 시키자고 정혼을 맺었다.

아니, 굳이 정혼이 아니더라도 화용군은 한련을 마음 깊이 좋아하고 있다. 지금 생각해 보면 그게 사랑일지도 모른다는 생각이 들었다.

화용군은 한련하고 혼인하기로 철석같이 약속했으니 그일은 절대로 어길 수 없다.

그리고 한련하고의 일을 천보에게, 천보하고 있었던 일을 한련에게 언젠가는 말해야만 한다.

슥―

화용군은 의자에 앉아서 꼿꼿한 자세로 탁자 맞은편의 은지화를 쳐다보았다.

"은 단주가 날 도와줄 일이 있다."

은지화는 화용군이 자신을 한 번도 불러준 적이 없는 '은단주'라는 호칭을 두 번씩이나 사용하자 적잖이 긴장하여 저절로 엉거주춤 일어섰다.

"솔직하게 말하마."

화용군은 주먹을 입에 댔다가 떼며 어렵사리 그러나 단호하게 말했다.

"나에게 여자는 두 명뿐이다. 상단주 연아와 천보공주다. 그녀들에게 죄를 짓지 않도록 네가 도와다오."

"……."

은지화는 화용군이 무슨 말을 하려는 것인지 구체적으로 알 수는 없지만 뭔가 불길한 예감이 들어서 왈칵 눈물부터 솟구쳤다.

화용군의 얼굴이 더욱 진지해졌다.

"앞으로 내게 불손한 행동은 삼가주기 바란다."

"총단주……."

은지화는 눈물을 글썽거리면서 다가왔다.

화용군은 손을 뻗어 그녀가 다가오는 것을 제지했다.

"나는 너를 좋은 친구로 생각하겠다."

이어서 문을 가리켰다.

"그만 나가봐라."

은지화는 눈물을 흘리면서 화용군을 말끄러미 바라보았으

나 그가 완고한 표정을 짓고 있는 걸 보고 몸을 돌려 힘없이 문으로 걸어갔다.

탁—

문이 닫히는 것을 보면서 화용군은 착잡한 표정을 지었다.

그러나 어차피 해야만 할 일을 했다고 생각했다. 만나는 여자마다, 그리고 그를 유혹하고 인연이 닿는 여자마다 다 집적거릴 수는 없다. 그건 짐승이나 하는 짓이다.

제55장

무당팔검(武當八劍)

저녁나절에 화용군은 총단선에 머물고 있었다. 은지화에게 냉정한 말을 한 그는 될 수 있으면 무정루에 머물지 않기로 마음먹었다.

　견물생심이라고, 그가 은지화 눈에 보이지 않으면 불미스러운 일이 일어나지 않을 거라고 생각했다.

　"총단주, 양정이라는 분이 찾아왔습니다."

　화용군이 운공조식을 하고 있는 방 밖에서 당무기가 공손히 아뢰었다.

　"들어오게."

말을 하면서 화용군은 자세를 풀고 탁자 앞으로 가서 앉으며 야차도를 오른팔 안에 갈무리했다.

문이 열리고 단정한 차림의 양정이 조심스럽게 안으로 들어와 화용군에게 정중히 포권을 했다.

"어서 오시오."

화용군은 일어나서 마주 포권하고 탁자를 가리켰다.

"몇 가지 결정된 것이 있어서 알려 드리려고 왔습니다."

양정은 긴장을 풀지 못하고 꼿꼿하게 앉아서 말문을 열었다.

"무엇이오?"

"오늘 아침에 아버님께서 대명제관 스물일곱 개 무도관 관주들을 모두 불러서 긴밀한 회합을 하셨습니다."

천도무관까지 합하면 대명제관의 전체 무도관 스물여덟 개가 다 모였다는 것이다.

대명제관은 원래 서른네 개였으나 백학무숙이 직간접적으로 운영하던 다섯 곳을 빼면 스물여덟 개가 전부다. 물론 구주무관을 제외한 숫자다.

"아버님께서 관주들에게 모든 얘기를 다 하셨습니다."

화용군은 가볍게 놀랐다.

"모두 말이오?"

"그렇습니다. 화 대협께서 무엇을 염려하시는지 알지만 그린 염려는 하지 않으셔도 됩니다."

화용군이 염려하는 것은 동명왕에 대한 말을 대명제관 관주들에게 해도 무방한가 하는 것이다.

"대명제관의 모든 무도관은 그동안 백학무숙에 극심한 핍박을 당해왔습니다. 그것이 모두 남천왕 때문이었다는 사실을 알게 되었기 때문에 모두들 아무런 스스럼없이 동명왕 전하를 받들어 모시기로 만장일치 찬성했습니다."

양정의 말인즉 대명제관 스물여덟 개 무도관의 관주 이하 전체 소속 관무사 총 이천삼백여 명이 동명왕의 휘하에 들기로 했다.

또한 구주무관을 '동명왕부(東明王府宮)'로 명명하고 그곳을 철저하게 경호하며 아울러 제남성 전체를 요새화하는 방안을 구체적으로 논의했다.

"오늘 정오 무렵에 무당팔검이 제남에 들어왔습니다."

이윽고 양정은 화용군이 궁금해하던 것을 얘기했다.

"그들 여덟 명은 뿔뿔이 흩어져서 제남 성내를 돌아다니면서 이것저것 탐문하고 있으며, 확인해 본 결과 화 대협의 행방을 묻고 있다 합니다."

화용군이 고개를 끄떡이는 걸 보면서 양정이 말을 이었다.

"무당팔검은 아무런 소득도 얻지 못한 상태에서 계속 탐문하고 있습니다."

"수고했소."

화용군은 무당팔검하고 직접 만나서 대화를 시도해 봐야겠다고 마음먹고 성내로 나섰다.

양정의 말에 의하면 무당팔검 여덟 명이 아직까지도 뿔뿔이 흩어져서 성내를 돌아다니고 있다 했으니 그중에 한 명하고 얘기를 해볼 생각이다.

제남 성내는 매우 넓지만 제남에서 오래 생활한 화용군에겐 앞마당처럼 훤한 곳이다.

화용군은 대명호 남쪽 호숫가에 주루와 기루, 여러 상점이 길게 늘어선 대로에서 무당팔검 중 한 명을 발견했다.

원래 정파인들은 변장하는 것을 좋아하지 않는다. 더구나 무당팔검처럼 쟁쟁한 고수들은 무림을 활보하면서 겁나는 것이 없으며, 자신들이 정의롭다고 믿기 때문에 변장 같은 것은 꿈도 꾸지 않는다.

화용군이 발견한 무당팔검의 한 명은 도인 같은 복장은 아니지만 한눈에도 무림인, 그것도 정파의 쟁쟁한 후기지수다운 모습을 하고 있었다.

산뜻한 청의 경장 차림에 이마에는 영웅건을 두르고, 어깨에는 한 자루 고색창연한 청강장검을 메고 있으니 그가 무당팔검이 아니면 누구겠는가.

화용군은 태연하게 무당팔검의 한 명을 향해 마주 걸어갔다.

그자는 주위를 두리번거리다가 가까이 다가온 화용군을 쳐다보았으나 곧 외면하고 다른 곳을 쳐다보았다.

탈명야차를 찾으러 제남에 왔으면서 찾는 사람을 눈앞에 두고서도 알아보지 못하다니, 대체 그는 누굴 찾으려는 건지 알다가도 모를 일이다.

그를 지나친 화용군은 몸을 돌려 천천히 그를 뒤따르기 시작했다.

무당팔검의 사검(四劍) 청영(淸英)은 대명호 남쪽 어느 주루로 들어가 점소이에게 화용군에 대해서 물었다.

그러면서도 지금껏 그랬던 것처럼 별 소득이 없을 것이라고 짐작했다.

"이리 오십시오."

그런데 뜻밖에도 점소이는 대뜸 청영에게 말하며 이 층으로 뻗은 계단 쪽으로 걸어갔다.

"어딜 가는 것인가?"

"화 대협을 찾는 게 아닙니까?"

청영의 물음에 점소이는 태연하게 대답하고는 계단을 오

르기 시작했다.

청영은 어리둥절했으나 설마 점소이가 진짜로 화용군에게 안내하는 것은 아닐 거라고 생각했다. 하지만 어쩌나 보자는 생각으로 뒤를 따랐다.

점소이가 안내한 곳은 이 층 복도 막다른 곳에 위치한 조용한 방이었다.

"대협, 모셔 왔습니다."

점소이가 방문 앞에서 멈추고 안을 향해 공손하게 말하자 안에서 나직한 목소리가 흘러나왔다.

"들여보내라."

척—

점소이는 방문을 열고 옆으로 비켜서며 청영을 쳐다보았다.

"들어가십시오."

청영은 안에 탈명야차가 있을 거라고 생각하지 않기 때문에 긴장하진 않았으나 그래도 약간 경계하는 마음으로 두 팔에 공력을 끌어 올리면서 안으로 천천히 걸어 들어갔다.

아담한 실내는 커다란 창으로 밝은 빛이 들어와 환하게 밝았으며, 먹음직스러운 요리와 술이 차려져 있는 탁자 앞에는 닷새쯤 기른 짧은 수염의 청년이 꼿꼿한 자세, 그러나 의연한 모습으로 앉아 있었다.

"어서 오시오."

화용군은 담담하게 말했다.

그의 담담함은 일 장 반의 짧은 거리를 지나면서 이상한 기운으로 변하여 청영에게 받아들여졌다.

'이건 무슨 기운인가? 저자가 내게 무슨 수작을 부리고 있는 것이지?'

그것이 무슨 기운인지 모르는 청영은 자못 긴장했다.

하지만 화용군은 단지 인사를 했을 뿐인데 청영은 그것을 무슨 대단한 기운으로 느낀 것이다.

"도우는 누구요?"

청영은 원래 천성이 태평하고 이해심이 많은 사람인데 지금은 적잖이 긴장하여 경계심을 끌어 올렸다.

"화용군이오."

"그대가?"

청영은 놀라움 때문에 더 긴장하여 금방이라도 출수할 자세를 취했다.

쪼르르…….

"두 가지 길이 있소."

화용군이 빈 잔에 술을 따르면서 조용히 말했다.

청영은 이 방에 들어오기 전까지는 설마 탈명야차가 스스로 먼저 나타날 리는 없다고 생각했었다.

하지만 지금은 상대가 탈명야차 화용군이라는 사실을 믿을 수밖에 없는 상황이 되어가고 있다.

청영은 긴장을 풀지 않고 언제라도 출수할 수 있는 자세에서 화용군의 다음 말을 기다렸다.

그러나 화용군은 청영의 반응하고는 상관없이 느긋하게 자신의 할 말을 했다.

"하나는 지금부터 우리 두 사람이 막무가내로 어느 한 명이 죽을 때까지 싸우는 것이고."

싸운다는 말에 청영은 조금 더 긴장했다.

"또 한 가지는?"

"앉아서 차분하게 대화를 한 다음에 싸울 것인지 어쩔 것인지를 결정하는 것이오."

화용군은 자신이 따른 술잔을 비운 다음에 빈 잔을 탁자에 내려놓으며 청영을 쳐다보았다.

"어떻게 하겠소?"

만나자마자 무조건 막무가내로 싸우고 싶은 사람은 미쳤거나 지독하게 호전적인 사람일 것이다.

더구나 청영은 눈앞의 사람이 자신들이 그토록 찾아 헤매던 화용군이라면 싸움보다는 대화를 하고 싶다. 싸움은 아무 때나 할 수 있지만 대화는 그렇지 않다. 죽은 다음에는 대화 같은 건 할 수가 없다. 그러니까 순서를 가리라고 한다면 대화가 우선이다.

슥—

청영은 화용군 맞은편에 앉는 깃으로 대답을 내신했다.

화용군은 자기 잔에 또 술을 따랐다.

"귀하가 먼저 얘기하겠소?"

청영은 화용군이 술을 따르면서 많은 허점을 드러내는 모습을 보면서 지금 급습을 가하면 충분히 제압할 수 있을 것 같다는 생각이 들었지만 그러지 않았다.

상대가 허점을 보이지 않아도 언제든지 공격을 하면 제압할 수 있다고 믿기 때문이다.

"도우가 먼저 말해보시오."

사실 청영은 탈명야차를 제압하는 것 말고는 그에게 딱히 할 말이 없다.

화용군은 고개를 끄떡였다.

"내가 말을 시작하면 중도에 끊지 마시오."

"알겠소."

청영도 고개를 끄떡였다.

화용군은 또 술을 따라서 마셨다. 지금부터 할 말은 맨 정신으로는 하기가 어색했다.

청영을 이해시키려면 자신이 걸어온 길을 처음부터 끝까지 다 설명해야 하기 때문이다.

이십칠 세의 청영은 태어나서 처음으로 대경실색하는 표정을 지었다.

"도우가 여태까지 한 말이 모두 사실이오?"

그래서 그렇게 묻지 않을 수가 없었다. 너무도 엄청난 얘기들을 들었기 때문이다.

화용군은 거두절미하고 손가락 하나를 세워 보였다.

"지금부터 한 시진만 말미를 주면 내가 한 말이 사실이라는 것을 증명해 보일 수 있소."

화용군은 혼자 자작을 하면서 자신에 대한 모든 얘기를 청영에게 해주었다.

그러나 야차도에 대한 것만은 뺐다. 청영에게 사실을 이해시키는 데 야차도는 그리 중요하지 않기 때문이다.

졸지에 가문이 멸문지화를 당한 일과 그것이 남천왕이 꾸민 음모였다는 것, 그리고 무공을 배워서 복수를 하기 위해 제남 대명제관의 구주무관을 찾아왔던 일과 구주무관의 멸문지화, 또한 거기에 얽혀 있는 백학무숙과 혈명단의 음모, 그리고 백학무숙과 혈명단 배후에 도사리고 있는 남천왕.

하여튼 화용군은 야차도에 대한 것만 빼고 심지어 동명왕과 남천왕의 관계에 대해서, 자신의 누나에 대해서도 모조리 얘기했다.

그런 얘기들을 듣고서도 청영이 놀라지 않는다면 사람이 아닐 것이다.

이각 후에 화용군과 청영은 구주무관, 아니, 동명왕부의 입구로 들어서고 있었다.

"여긴 어디요?"

청영이 두리번거리면서 물었다. 전문에 들어설 때 '구주무관'이라는 현판을 봤지만 그게 전부가 아닐 것이라는 생각이 들었기 때문이다.

"동명왕부요."

"에엣?"

화용군은 솔직하게 대답했고 청영은 이상한 소리를 내면서 놀라며 우뚝 걸음을 멈추었다.

"설마… 여기에 동명왕 전하께서 계시는 건 아니겠지요?"

화용군은 걸어가면서 대답했다.

"이곳에 계시오."

"맙소사……."

무릇 무림의 정파인이라면 동명왕이 어떤 인물인지 잘 알고 있으며, 그래서 현재 동명왕의 처지에 대해서 깊은 죄스러움과 동정심을 품고 있다.

정파인들은 다들 동명왕을 돕고 싶어 하지만 원래 무림과 황궁은 우물물과 강물처럼 전혀 다른 세계라서 그저 마음으로만 안타까워하고 있을 뿐이다.

청영은 너무 놀란 나머지 그 자리에 멈춰 선 채 걸음을 옮기려고 하지 않았다.

"혹시… 지금 동명왕 전하를 뵈러 가는 것이오?"

화용군은 태연하게 고개를 끄떡였다.

"내가 한 말을 증명하려면 그분을 뵈어야 하지 않겠소?"

청영은 화용군이 한 말을 개인적으로는 믿고 싶지만 너무 엄청난 내용이라서 섣불리 믿기가 어려웠다. 그리고 무당팔검의 다른 형제들에게 돌아가서 말을 하려면 화용군의 말처럼 확실한 증거가 필요했다.

"동명왕께서 도우의 말을 입증해 주실 것이오?"

"그렇소."

이윽고 청영은 마른침을 꿀꺽 삼키더니 마음을 굳게 먹고 걸음을 옮겼다.

"음, 갑시다."

만약 이곳에 동명왕이 없다면 화용군이 한 모든 설명이 거짓말일 것이며, 반대로 동명왕이 있다면 그것만으로 그가 한 말을 그대로 믿을 수가 있을 것이다.

화용군과 청영이 걸어가는 도중에 여러 사람이 공손히 허리를 굽히며 예를 취했다.

청영은 그들이 화용군에게 예를 취한다는 사실을 짐작했다. 그래서 과연 화용군과 동명왕이 어떤 관계인지 매우 궁금해졌다.

화용군은 자신이 동명왕을 유배지인 고산도에서 구해 왔다는 말은 했으나 구체적인 설명을 하지는 않았었다.

청영이 보기에 구주무관의 곳곳에서는 생도들이 열심히 무술수련을 하고 있어서 겉보기에는 무도관이 틀림없었다.

저벅저벅…….

화용군과 청영은 나란히 대전 안으로 들어갔다.

청영은 대전 입구에 지키는 사람이 없는 것 같지만 암중에 매우 뛰어난 고수 몇 명이 삼엄하게 지키고 있다는 사실을 감지했다.

뚝.

화용군이 어느 방 앞에서 멈추자 청영은 몹시 긴장하여 급히 옷매무새를 가다듬었다.

화용군이 안에 대고 나지막이 말했다.

"용군입니다."

"음, 들어오게."

문 너머에서 나직하면서도 묵직한 저음의 목소리가 들렸다.

확!

그런데 화용군이 문을 열려고 손을 내미는데 갑자기 문이 벌컥 열렸다.

"용 가! 어서 오세요!"

활짝 열린 문 안에 방금 천상에서 하강한 듯 극상의 아름다움으로 서서 환하게 미소 짓는 사람은 천보다.

천보는 화용군에게 안길 듯이 매우 가까이 다가와 몸을 붙이고는 애교가 철철 넘치는 표정을 지었다.

"가셨던 일은 잘 해결됐나요?"

"손님을 모시고 왔소."

"아……."

화용군이 천보의 허리를 살짝 안으면서 옆을 가리키자 그제야 그녀는 청영을 발견하고 해연히 놀랐다.

청영은 이제 곧 동명왕을 만난다는 생각에 잔뜩 긴장해 있다가 느닷없이 문이 열리면서 눈앞에 천보가 나타나자 기겁을 하고 말았다.

그는 동명왕에게는 천하제일미라는 천보공주가 있다는 사실을 익히 알고 있었다.

하지만 지금 동명왕을 만나러 오는 길에 천보공주를 보게 될 것이라고는 꿈에도 예상하지 못했었다.

화용군은 천보의 가느다란 허리에 한쪽 팔을 감은 채 청영에게 그녀를 소개했다.

"천보공주요."

"아아……."

청영은 천보의 천상의 아름다움을 눈앞에서 대하고는 제
정신이 아니라서 예를 갖춰야 하는 것도 잊은 채 그저 아아…
만 연발했다.

"들어갑시다."

청영이 예를 취하기도 전에 화용군은 천보의 허리에서 팔
을 풀고 안으로 성큼성큼 걸어 들어가서 태사의 앞에 일어서
있는 동명왕을 향해 공손히 무릎을 굽혔다.

"전하를 뵈옵니다."

반가운 표정이 가득한 동명왕은 한달음에 달려와서 손수
화용군을 일으키며 나무랬다.

"자네는 내게 무릎을 꿇지 말라고 하지 않았는가."

"소인이 어찌……."

"앞으로 자네가 무릎을 꿇으면 나도 자네에게 무릎을 꿇을
테니 그리 알게."

"전하."

청영은 동명왕을 직접 본 적이 한 번도 없지만 초상화를 봤
으며 또한 동명왕의 용모에 대해서 많은 얘기를 들었으므로
지금 눈앞에서 동명왕을 보자마자 마음속에 짙게 드리웠던

먹구름이 일시에 걷히는 느낌이 들었다.

그가 보기에 인중지룡이며 성인군자의 용모를 지닌 저 사람은 동명왕이 틀림없었다.

화용군이 아니었으면 오늘날 동명왕이나 천보는 이 자리에 없었을 것이다.

아직도 동해 고산도 섬에서 유배 생활을 하고 있거나 아니면 남천고수나 혈명살수에게 암살됐을지도 모른다. 아마도 그렇게 되었을 가능성이 크다.

화용군 덕분에 동명왕 일가는 고산도에서 살아 나왔으며 남천왕하고 대결을 벌이기 위해서 차곡차곡 계획을 진행하고 있는 것이다.

더구나 동명왕은 자신의 천금 같은 딸 천보공주가 화용군을 목숨보다 더 사랑한다는 사실을 알기에 그를 남이나 신하처럼 대하고 싶지 않은 것이다.

"무당 말학 청영이 동명왕 전하를 뵈옵니다."

청영은 바닥에 납작하게 엎드려 얼굴을 묻은 채 절했다.

그의 앞쪽에는 동명왕 부부와 천보 세 사람이 나란히 앉아서 미소를 짓고 있다.

가운데 앉은 동명왕은 오른쪽 천보 옆에 서 있는 화용군을 쳐다보며 온화한 미소로 물었다.

"저자를 왜 내게 데려왔는가?"

"제가 저 사람에게 한 말이 사실인지를 증명하기 위해서 데려왔습니다."

"나를 보면 증명이 된다는 건가?"

"그건 잘 모르겠습니다."

동명왕은 청영을 굽어보았다.

"무당파의 청영이라고 했느냐?"

"그러하옵니다."

청영은 이마를 바닥에 붙인 자세에서 더욱 납작해지면서 대답했다.

"증명이 됐느냐?"

"그, 그러하옵니다……."

동명왕은 엄한 표정을 지었다.

"내가 아는 용군은 거짓말을 하지 않는다. 나는 하늘이나 부처님, 옥황상제보다 용군을 더 믿는다."

굉장한 신임이 아닐 수 없다. 대저 어느 한 사람이 다른 사람을 이 정도까지 믿는다는 것은 자신의 목숨을 맡겨도 좋다는 뜻이다.

"일어나라."

동명왕의 말에 청영은 조심스럽게 일어서는데 어찌 된 일인지 온몸이 땀에 젖어서 축축했다.

동명왕은 다시 화용군을 쳐다보았다.

"그런데 자넨 저자에게 무슨 말을 했으며 왜 그런 말을 할 수밖에 없었는가?"

화용군은 자신이 개방 제남분타와 백학무숙을 멸문시킨 것 때문에 구파일방의 대표들이 북경에 모였으며, 그들이 척후로 무당팔검을 제남에 보냈다는 것, 화용군으로서는 싸움보다는 대화로 일을 풀려고 청영에게 자신에 관한 모든 사실을 허심탄회하게 설명한 것 등을 얘기했다.

"자네가 무얼 잘못했다고 구파일방의 대표라는 자들이 북경에 모였다는 겐가?"

"구파일방은 백학무숙과 혈명단이 남천왕과 깊은 관계를 맺고 있다는 사실을 모르기 때문일 겁니다."

"흠, 그럼 저자가 돌아가서 모두에게 설명하면 일이 저절로 풀릴 거라는 뜻인가?"

"그렇게 믿어야지요."

"확신하지는 못하는구먼."

"그렇습니다. 저 사람이 돌아가서 자신이 듣고 본 것을 사실대로 말한다고 해서 무당칠검과 구파일방의 대표들이 순순히 믿을 거라고 생각하지는 않습니다."

"그렇겠지."

청영은 화용군을 보며 진중하게 말했다.

"빈도가 최선을 다해서 동도(同道)들에게 설명하겠소."

그때 실내 양쪽 좌우에 서 있던 공손태와 호랑 중에서 공손태가 동명왕에게 정중히 말했다.

"문제가 있습니다."

"뭔가?"

우호위대주 공손태는 청영을 가리켰다.

"저자가 돌아가면 전하께서 이곳에 계시다는 사실을 모두에게 말해야만 할 것입니다."

"그렇겠지."

청영이 동명왕에 대해서 말해야지만 화용군의 결백이 입증될 것이기 때문이다.

"그럼 그 사실이 남천왕에게 알려질 것입니다."

동명왕이 공손태를 쳐다보았다.

"자넨 구파일방이 남천왕하고 연결되었다고 보는 건가?"

"가능성을 배제하지 않습니다."

동명왕은 청영에게 물었다.

"자네 생각은 어떤가?"

"그럴 리가 없습니다. 구파일방은 무림의 정파 중에서도 기둥입니다. 그런데 구파일방이 남천왕하고 연결되었을 리가 없습니다."

동명왕은 담담한 표정으로 청영을 응시했다.

"자넨 용군의 설명을 듣고서야 비로소 남천왕의 실체를 알게 된 것이지?"

"그렇습니다."

"그렇다면 그전에는 남천왕을 좋게 봤겠군."

"그렇습니다."

"그러니까 그때는 구파일방이 남천왕과 가깝다고 해도 그다지 이상하게 생각하지 않았겠지?"

"……."

청영은 말문이 막혔다. 사실이 그랬었다.

"그런데 이제는 남천왕의 실체를 알게 되었다고 구파일방이 남천왕과 교류가 없을 것이라고 단정하는 것인가?"

청영은 머뭇거리다가 털썩 무릎을 꿇었다.

"송구합니다. 소인의 생각이 짧았습니다. 용서하십시오."

동명왕은 그럴 줄 알았다는 듯 이번에는 화용군을 쳐다보며 물었다.

"자넨 어쩔 생각인가?"

"알려도 상관이 없을 것 같습니다."

공손태와 호랑의 표정이 움찔 변했지만 동명왕 부부와 천보는 태연했다.

"이유를 말해보게."

"전하께서 이곳에 계신 사실이 구파일방을 통해서 남천왕에게 알려진다고 해도 개의치 않습니다."

"어째서 그런가?"

"만반의 준비가 돼 있기 때문입니다."

"황군이 쳐들어와도 말인가?"

"그렇습니다."

사실 황군이 쳐들어와서 공격을 퍼붓는다면 제남은 통째로 지도상에서 사라지고 말 것이다.

제아무리 만반의 준비를 갖추었다고 해도 황군을 상대로 싸움, 아니, 전쟁을 벌일 수는 없다.

이 땅에서 가장 막강한 세력은 누가 뭐래도 황군, 즉 황제의 군대이기 때문이다.

청영은 멍한 표정으로 화용군을 쳐다보았다. 그 정도로 화용군의 말은 충격적이다.

황군이 제남에 쳐들어온다고 해도 만반의 준비를 갖추었기 때문에 끄떡없다니, 도대체 어떤 만반의 준비를 갖추었다는 건지 궁금하기 짝이 없다.

화용군과 청영은 동명왕부에서 나와 대명호 호숫가를 한동안 걸어가고 있다.

청영은 동명왕부를 나온 이후 아무 말도 하지 않고 굳은 얼굴로 묵묵히 걷기만 했다.

"부탁이 있소."

"말해보시오."

청영은 걸음을 멈추고 화용군에게 포권을 하며 말했다.

"빈도의 사형제들을 만나주시오."

청영은 열흘 삶은 호박에 이빨도 들어가지 않을 말이라는 걸 알면서도 그렇게 부탁했다.

청영 자신이 겪은 일을 사형제들에게 말하면 너무 엄청나서 곧이곧대로 듣지 않을 것 같기 때문이다.

그러니까 화용군이 직접 그들을 만나는 것이 백번 나을 것이라고 생각했다.

"화 도우의 안전은 빈도가 책임지겠소."

"그럽시다."

그런데 화용군이 뜻밖에도 매우 선선히 승낙을 했다.

"정말이오?"

"장소는 어디가 좋겠소?"

"화 도우가 정하시오."

화용군은 주위를 둘러보다가 발로 바닥을 한 번 굴렀다.

탁!

"여기 이 장소로 합시다. 시각은 오늘 밤 술시(戌時:8시경)로 하고. 어떻소?"

"알았소."

청영은 다시 한 번 포권을 하더니 몸을 돌려 호숫가를 따라서 경신술을 전개하여 쏘아갔다.

청영은 이곳에 오기 전에는 탈명야차 혹은 옥면야차라고 불리는 자가 악마 같을 거라고 막연하게 생각했었다. 무림에 그런 소문이 자자하게 퍼져 있으니까 그렇게 생각하는 것이 무리가 아니었다.

그런데 이제 와서 생각해 보니까 무림에 떠도는 소문 중에는 탈명야차에 대한 다른 소문도 있으며 청영도 그걸 들은 적이 있었던 기억이 났다.

그건 탈명야차가 매우 준수한 용모이며 정의롭고 착한 일을 많이 한다는 소문이었다.

그러나 청영을 비롯한 무당팔검 중에서 그 소문을 믿는 사람은 아무도 없었다.

탈명야차는 잔인한 악마라고만 들었기 때문에 그에 반하는 얘기에는 아예 귀를 닫아버린 것이다. 즉, 듣고 싶은 말만 들으려고 한 것이다.

제56장

———

우정(友情)

화용군은 멀어지고 있는 청영을 응시하면서 조용한 목소리로 중얼거렸다.

"이제 나오시오."

송림은 쥐 죽은 듯이 잠잠하다가 잠시 후에 송림 속에서 하나의 인영이 쏘아 나왔다.

휘익!

화용군 앞에 가볍게 멈춘 사람은 다름 아닌 개방의 능개인데 어색한 미소를 지으며 머리를 긁적였다.

"알고 있었소?"

능개의 말에 화용군은 가볍게 고개를 끄떡였다. 능개는 처음부터 줄곧 화용군을 미행했으나 동명왕부에는 숨어들지 못했다. 날고 기는 고수가 많기 때문이다.

"개방에 정의로운 인물이 없소?"

화용군이 불쑥 묻자 능개는 의아한 표정을 지었다.

"무슨 뜻이오?"

"나와 뜻을 같이할 만한 인물이 있는가 묻는 것이오."

능개는 씁쓸한 표정을 지었다. 화용군의 말을 듣기 전까지 그는 취룡신개를 개방에서 가장 정의로운 사람이라고 믿었기 때문이다.

그런데 화용군이 정의로운 인물이 누구냐고 물으니까 대답할 말이 없어졌다.

화용군은 능개의 심정을 간파했다.

"장로 말고 다른 인물 중에서 가장 정의로운 인물은 누가 있겠소?"

능개는 '장로가 아니라면' 이라는 말에 즉시 대답했다.

"삼절묘개(三絶妙丐)라는 분이 계시오."

"그는 누구요?"

"본 방의 총방교(總幇敎)요."

"자세히 말해보시오."

"총방교는 장로 바로 아래 지위이며 본 방 내에서는 삼인

자라고 할 수 있소."

"그를 만나게 해주시오."

능개는 의아한 표정을 지었다.

"왜 그러시오?"

"그를 내 편으로 만들어야겠소."

능개하고 헤어진 화용군은 다시 동명왕부로 돌아와서 동명왕 부부와 천보 등과 탁자를 마주하고 앉았다.

"전하께선 유람을 좋아하십니까?"

화용군은 동명왕에게 뜬금없이 불쑥 물었다.

"좋아하다뿐인가? 나중에 늙어서 남는 건 멋진 경치뿐이라는 게 평소의 내 지론일세."

"그럼 여행 좀 다녀보시겠습니까?"

"거 좋지!"

동명왕은 무릎을 치며 좋아했다.

동명왕 부인이며 천보의 언니처럼 보이는 염여수와 천보는 눈을 반짝이면서 화용군을 바라보았다.

"어딜 갈 건가요?"

"용 가도 함께 가나요?"

화용군은 미소를 지으며 자매 같은 모녀에게 대답했다.

"가시고 싶은 곳 아무 데나 가시고 저는 가지 않을 겁니다."

동명왕이 빙그레 미소 지었다.

"황군이 쳐들어와도 만반의 준비를 갖추었다는 자네의 호언장담이 결국 날더러 집을 비우고 유람이나 다니라는 뜻이었군그래?"

화용군은 고개를 숙였다.

"죄송합니다."

"아니, 아닐세. 매우 훌륭한 공성지계(空城之計)야. 그 덕분에 우리도 유람을 해보는 거지."

동명왕은 손을 젓고 나서 앞에 천보와 나란히 앉은 화용군 쪽으로 상체를 기울였다.

"배로 가는 건가?"

"그렇습니다."

"지난번 그 배로?"

"맞습니다."

동명왕은 안심했다는 듯 환한 표정을 지었다.

"나는 그 배가 정말 마음에 들었네. 그렇게 근사한 배는 처음 봤네."

화용군이 숙소로 사용하고 있는 총단선을 말하는 것이다. 지난번 동명왕 가족은 고산도에서 제남까지 오는 데 그 배를 이용했었다.

"그래서 말인데?"

동명왕은 여기에는 최측근들뿐인데도 상체를 더 숙이고 목소리도 한껏 낮추었다.

"동명군(東明軍)을 배에서 숙식시키고 이동시키는 건 어떻게 생각하나?"

화용군은 동명군이라는 말은 처음 듣지만 동명왕 휘하의 고수, 무사, 군사를 통칭해서 그렇게 부르는 것이라고 생각했다. 그리고 동명왕의 발상은 매우 좋았다.

"아주 좋습니다."

"그렇게 생각하나?"

동명왕은 고개를 가로저었다.

"그런데 돈이 많이 들 것 같네."

"풍랑이 거세거나 태풍이 불면 뭍에 내려야 합니다. 그러니까 섬을 몇 개의 기지로 개발하는 건 어떻겠습니까?"

화용군은 돈이 많이 들 것 같다는 동명왕의 걱정은 모른 체했다. 돈 걱정은 하지 말라는 뜻이다.

"섬이라는 말이지?"

동명왕이 기발한 생각을 했는데 화용군은 아예 거기에서 한술 더 뜨고 있다.

"기지를 만들자는 건가?"

"계속 배에서만 생활할 수는 없습니다. 예를 들어 한 달 동안 배에서 생활하면 그다음 한 달은 섬에서 생활하는 방식이 돼야 할 겁니다. 그러니까 몇 개의 섬에 배가 정박할 수 있는 포구와 동명왕궁 분궁(分宮)들을 건축해야 할 것입니다. 그렇게 하면 전하께선 이곳저곳에서 편히 쉴 수 있으실 것입니다."

"그렇게까지……."

"어느 정도 규모에 어떤 시설이 갖추어진 배를 원하시는지 말씀해 주시면 제가 알아보고 만들도록 하겠습니다."

"자네……."

화용군은 이쯤에서 하나의 사실을 말해야겠다는 생각이 들었다. 안 그러면 동명왕 가족은 늘 돈에 대해서 전전긍긍할 테니까 말이다.

"전하께선 혹시 용군단이라고 들어보셨습니까?"

동명왕은 의아한 표정을 지었다.

"들어봤네. 요즘 급부상하고 있는 상단이라고 하더군."

공손태가 공손하게 거들었다.

"상계의 소문에 의하면 현재 천하삼대상단이라고 하는데 십 년 후에는 천하제일상단이 될 거라고 합니다."

"그런가?"

동명왕은 화용군이 어째서 '용군단'에 대해서 언급하는 것인지 궁금했다.

혹시 화용군이 '용군단'에 절친한 사람이 있는 것은 아닌가, 라는 생각도 들었다.

화용군은 빙그레 미소 지었다.

"제기 용군단의 총단주입니다."

"……."

다들 화용군이 무슨 말을 하는 것인지 제대로 알아듣지 못한 듯 멍한 표정이다.

아니, 말은 제대로 알아들었지만 그 뜻을 똑바로 받아들이지 못한 것이다.

화용군이 덧붙였다.

"용군단이 제 소유라는 뜻입니다."

"뭐어……."

"그러니까 돈으로 할 수 있는 것이라면 뭐든지 다 할 수 있습니다."

"허어… 이거……."

동명왕은 너무 놀라서 입을 다물지 못했다.

부인 염여수가 소녀처럼 두 손을 가슴에 모으고 눈을 반짝거렸다.

"우리 사위가 천하제일의 부자라는 건가요?"

"그렇다는구려."

동명왕은 그렇지 않아도 듬직한 사위, 아니, 부마가 지금 이 순간 업어주고 싶도록 예뻤다.

"허허헛! 우리 사위 최고로군."

천보는 그윽한 눈빛으로 화용군을 바라보는데 그 눈빛에 사랑이 가득했다.

밤 술시.

어두컴컴한 대명호 호숫가에 화용군이 혼자 서 있다.

그는 송림을 등지고 호수를 향해 뒷짐을 지고 서서 마치 하나의 산처럼 우뚝 서 있다.

그때 화용군은 호숫가를 따라서 여러 개의 검은 인영이 나는 듯이 쏘아오고 있는 것을 발견했다.

모두 여덟 명. 화용군은 그들이 무당팔검이라고 짐작했다.

잠시 후에 하나같이 빼어난 기상의 이십 대 중반부터 삼십 대 후반까지 나이인 여덟 명의 청년 고수가 태수 앞에 죽 늘어섰다.

그들 중에 청영이 화용군을 발견하고 환하게 미소 지으면서 앞으로 나서며 포권지례를 취했다.

"화 도우, 나와주었군요."

청영은 화용군 옆에 서서 무당칠검을 보면서 호방하게 웃음을 터뜨렸다.

"하하하! 사형들! 사제들! 이분이 바로 화용군 화 도우입니다!"

얼마 전까지 무당팔검은 화용군을 탈명야차라고 불렀지만 청영은 화용군이라고 소개했다.

화용군은 두 손을 모아 포권하고 무당칠검에게 두루 흔들어 보였다.

"화용군이오."

무당칠검은 아무 말도 하지 않고 굳은 얼굴로 화용군을 노려보듯이 주시하기만 했다.

청영은 사형과 사제들이 화용군을 적대하는 것 같아서 적잖이 당황했다.

그러나 청영이 나서기도 전에 무당칠검 중앙에 서 있던 한 명이 화용군을 주시하며 나직하게 말했다.

"구주무관이라는 곳에 대해서는 이번에 처음 알게 되었소. 그리고 구주무관의 관주인 단운택이라는 분도."

화용군의 사부였던 구주검협 단운택은 무당파의 속가제자였었다.

그렇지만 무당파 출신 적전제자(嫡傳弟子)가 이미 수천 명에 이르는 상황에서 그보다 열 배는 더 많은 속가제자가 천하에 골고루 퍼져 있는데 당금 무당파가 그들을 일일이 기억하고 또 관리할 수는 없는 일이다.

그러니 방금 말한 사람의 말이 결코 지나친 것은 아니다.

청영이 방금 말한 사람을 정중하게 가리키며 화용군에게

소개했다.

"일검이신 현영(賢英) 대사형이시오."

화용군이 포권을 하려고 하자 현영이 손을 저으며 다시 말을 이었다.

"이번에 이곳에 오게 되면서 단운택이라는 분에 대해서 급히 알아보았소. 그랬더니 그분의 도명(道名)은 자운(紫雲), 내게 사숙뻘 되시는 분이었소."

화용군은 현영이 솔직하고 직설적인 성격이지만 반면에 남을 배려할 줄 아는 괜찮은 인품을 지녔다고 생각했다.

왜냐하면 무당팔검 정도 되는 신분이면 무당파에서 적통(嫡統) 중에서도 적통이다.

그렇지만 속가제자들은 서출(庶出)이라고 할 수 있다. 말하자면 무당파 적전제자들은 본처의 자식들이고, 속가제자들은 첩의 자식들인 셈이다.

그래서 무당파의 적전제자들은 속가제자들을 멸시하고 천대하는 게 현실이다.

그런데도 현영은 속가제자였던 단운택을 자신의 사숙뻘이라고 말해주었다.

보통 무당파의 적전제자들은 그런 식으로 말하지 않는다. 그러면 자신을 스스로 깎아내리는, 즉 폄하하는 것이기 때문이다. 그러니 그것만 봐도 현영의 사람됨을 어느 정도 짐작할 수 있다.

화용군이 가볍게 고개를 끄떡이자 현영이 이번에는 단도
직입적으로 물었다.

"도우는 어떤 무공을 익혔소?"

"무당무공이오."

"본 파의 어떤 무공이오?"

화용군은 무당파에서 십대검법이라고 자부하는 검법들을
모두 익혔다.

실제로 정진해서 익힌 검법은 태극혜검이지만 사부 단운
택은 장차 시간이 나면 배우라고 나머지 구대검법들을 구두
로 전수해 주었으며, 화용군은 그걸 모두 외우고 있다가 시간
이 날 때마다 연마했었다.

무당십대검법의 수위(首位)라고 할 수 있는 태극혜검을 마
지막 칠 초식까지 완벽하게 연마한 그라서 다른 구대검법들
은 구태여 깊이 있게 연마하지 않았어도 시간이 날 때마다 연
마해 본 것으로 이미 구대검법 모두 칠 성 이상의 경지에 이
르러 있었다.

"태극혜검을 주로 연마했소."

화용군의 대답에 주로 어린 무당육검, 칠검, 팔검이 노골적
으로 입가에 비웃음을 떠올렸다.

태극혜검은 무당파 제자라면 누구나 배울 수 있지만 제대

로 칠 초식까지 완벽하게 연마힌 사람온 무당파 내에서도 극소수에 불과할 정도로 난해하다. 그렇기에 그만큼 위력적인 검법이다.

화용군이 그것을 연마했다고 하니까 기껏해야 삼, 사 초식 정도, 그것도 엉성하게 연마했을 거라고 지레짐작하여 비웃은 것이다.

그러나 육, 칠, 팔검은 잊고 있는 게 있다. 화용군이 당금 무림을 위진시키고 있는 탈명야차라는 사실이다.

"한 수 보여줄 수 있겠소?"

"여기에서 말이오?"

현영의 말에 화용군은 태연하게 물었다.

"그렇소."

"어떻게 하면 되겠소?"

화용군은 적당한 표적을 고르느라 주위를 천천히 둘러보면서 물었다.

"괜찮다면 우리 둘이 태극혜검으로 일 초식을 나누어보는 게 어떻겠소?"

현영을 제외한 무당칠검은 두 가지 표정을 지었다. 하나는 화용군을 염려하는 것이고, 또 하나는 우쭐함이다. 이번에도 육, 칠, 팔검이 우쭐거렸는데, 화용군을 보면서 '너 어디 한번 치도곤 당해봐라' 는 표정이다.

무당파에는 태극혜검을 마지막 칠 초식까지 완벽하게 연마한 사람이 이십이 명이 있는데 무당팔검에는 일검 현영과 이검 중영(仲英)이 거기에 속해 있다.

화용군은 현영의 의도를 짐작해 보려고 했으나 지금으로 썬 알 수가 없다.

현영이 일 초식을 겨루어보자고 했으니까 그의 말대로 해보면 무슨 의도인지 알 수도 있을 것이다.

호숫가 풀밭에 화용군과 현영이 삼 장의 거리를 두고 서로 마주 보는 자세로 우뚝 서 있다.

승—

현영은 천천히 어깨의 검을 뽑아 오른손에 움켜쥐고 화용군에게 말했다.

"검이 없는 것이오?"

태극혜검은 검법이므로 검이 없으면 전개할 수가 없다.

"염려 말고 초식이나 펼치시오."

츳—

화용군이 중얼거리면서 오른팔을 아래로 내리자 야차도가 나와 손에 잡혔다.

두 사람의 좌우에 나누어 서 있는 무당칠검은 야차도를 보고 약간 놀라면서도 어이없는 표정을 지었다.

탈멍야차의 야차도에 대해서는 무림에 알려진 바가 전혀 없다. 야차도를 본 자는 모두 죽었기 때문이다.

화용군이 야차도를 손에 잡았을 때에는 혼자 연마를 하거나 싸움을 할 때뿐이고, 싸울 때 금강야차로 돌변한 그가 적들을 살려두었을 리가 없다.

"저게 뭐지?"

"쇠꼬챙이 같은데 저걸로 대사형과 겨루겠다는 건가?"

현영의 검은 석 자 길이인데 야차도는 그 절반인 한 자 반에 불과하다.

화용군은 재빨리 일 초식만 겨루고 나서 즉시 공력을 거둘 생각이다.

야차도에 공력을 주입하면 그 자신이 금강야차로 돌변하기 때문에 그전에 공격을 멈춰야 하는 것이다.

"공격하겠소."

현영이 나직이 말하면서 자세를 취했다. 자세로 봐서는 태극혜검의 육 초식인 연천섬광인 듯하다.

슈웃—

현영은 발끝으로 풀바닥을 박차면서 상체를 약간 숙이고 화용군을 향해 쏘아가며 수중의 검을 들어 올렸다.

그는 검풍을 전개할 생각이며 그의 검풍은 최대 일 장 거리까지 발출할 수 있다.

연천섬광은 진(眞), 풍(風), 기(氣), 강(罡)으로 분류되는데, 검을 상대의 몸에 직접 닿게 하는 것이 진이고 가장 하급이며, 풍은 검풍, 기는 검기, 강은 검강이다. 물론 검강이 태극혜검 육 초식 연천섬광의 최고 성취다.

슈우—

삼 장 거리의 절반쯤 쏘아가고 있는 현영은 화용군이 꼼짝도 하지 않고 우뚝 선 자세에서 자신을 향해 가볍게 슬쩍 수중의 쇠꼬챙이를 흔드는 모습을 봤다.

그렇지만 무당팔검 중에서 그 동작을 공격이라고 보는 사람은 아무도 없었다.

그건 쇠꼬챙이에 묻은 지푸라기 같은 걸 털어내는 듯한 아무 의미 없는 동작처럼 보였다.

그런데 그 순간 현영은 움찔 놀라 쏘아가던 속도가 확 줄었다. 자신을 향해 정면에서 갈지(之)자의 흐릿한 빛이 정말 섬광처럼 뿜어오는 걸 발견했기 때문이다. 바로 연천섬광의 정수다.

"……."

그리고 그가 어떻게 해볼 겨를도 없이 망연자실하고 있을 때 갈지자 빛살은 어느새 그의 상체 두 자까지 쇄도하고 있었다.

현영은 아무 생각도 나지 않고 오로지 자신이 이렇게 죽는구나라는 생각만 들었다.

사아아…….

한 줄기 바람이 송림 쪽에서 불어와 현영의 머리카락과 옷자락을 날렸다.

현영은 퍼뜩 정신을 차렸다. 일 장 전면에 화용군이 쇠꼬챙이를 땅으로 향한 자세로 묵묵히 서 있고 현영 자신은 쏘아가다가 멈춘 상태다.

그는 자신이 꼭 죽을 거라고만 생각했었는데 아직 살아 있다는 사실이 믿어지지 않았다.

방금 전의 갈지자 빛살이 상체에 적중됐다면 몸뚱이가 세 동강이 나고 말았을 것이다. 그런데 지금 그는 버젓이 살아 있지 않은가.

무당칠검은 도대체 두 사람이 겨루지는 않고 왜 저러고 서 있는지 영문을 알지 못했다.

그들의 눈에는 화용군이 발출한 연천섬광의 검기가 보이지 않았기 때문이다. 그 검기는 정면에서만 보이는 터라서 현영 혼자만 봤다.

현영은 혹시 방금 전에 자신이 봤던 것이 착각이 아니었을까 하는 생각이 들었다.

그가 본 게 사실이라면 그건 연천섬광의 최고봉인 검기가 분명하다.

그런데 그걸 현영의 코앞에서 씻은 듯이 사라지게 하는 수법이 있다는 말은 들어본 적이 없었다.

슛─

화용군은 다행히 연천섬광 검기를 발출하는 과정에서는 금강야차로 변하지 않았기에 수중의 야차도를 다시 오른팔안에 감추고 나서 현영에게 포권을 했다.

"양보해 줘서 고맙소."

"아……."

현영은 화용군의 말을 듣고서야 방금 전 그 일이 착각이 아니라는 사실을 깨닫고 부지중 탄식이 흘러나왔다.

사실 현영은 다른 뜻이 있었던 게 아니라 화용군이 정말 무당파 속가제자인 구주검협 단운택의 제자인지 확인하려는 의도였다.

그런데 막상 뚜껑을 열어보니까 화용군의 실력은 무당파장로 이상이었다.

사람은 하나를 보면 열을 알 수 있다. 현영은 화용군의 실력뿐만 아니라 자신을 제압하거나 상처를 입혀서 충분히 창피를 줄 수 있는데도 불구하고 사제들 앞에서 체면을 차리게해준 것을 보고 그의 성품을 간파했다.

현영은 검을 어깨의 검실에 꽂고 화용군에게 정중히 포권을 하며 가볍게 고개를 숙였다.

"화 도우의 연천섬광은 실로 훌륭하오. 본 파의 상로님들이라고 해도 그 정도 수준은 아닐 것이오. 나는 앞으로 화 도우에게 무공에 대해서는 더 이상 논하지 않을 것이오."

무당칠검은 현영이 도대체 무슨 말을 하는 건지 알아듣지 못했지만 화용군은 빙그레 미소 지으며 가볍게 고개만 끄떡일 뿐이다.

그걸 보고 무당칠검은 더욱 알 수 없다는 표정을 지으며 고개를 갸웃거렸다.

자신의 패배를 인정했지만 그와는 반대로 몹시 기분이 좋아진 현영은 화용군에 대해서 개인적으로 더 많은 것이 알고 싶어졌다.

"화 도우, 우린 많은 대화를 나누어야 할 것 같은데 독한 박주라도 한잔 나누면서 얘기를 나누는 게 어떻겠소?"

"그럽시다."

우스운 일이지만 원래 무당팔검은 노잣돈이 그렇게 풍족하지 않은 형편이다.

불가나 도가 사람들은 언제나 청렴하게 행동하는데 무당팔검이라고 예외는 아니었다.

무당팔검은 돈을 담당하고 있는 삼검 화영(華英)과 상의를 하여 대명호 근처의 허름한 주루에 들어가기로 정했다.

그런데 그 주루는 이미 손님들로 자리가 꽉 차서 화용군과 무당팔검 여덟 명이 들어갈 수가 없는 상황이다. 다른 괜찮은 주루를 찾아가자니 몇 푼 안 되는 돈이 걱정이라서 무당팔검은 주루 앞에서 서성거렸다.

결국 화용군이 나서야만 했다.

"내가 잘 아는 술집이 있는데 그리 가지 않겠소?"

대부분의 무당과 적전제자가 그렇듯이 무당팔검은 생애의 거의 대부분을 무당산에서 보냈다.

그리고 이따금 임무를 수행할 때를 제외하고는 무당산을 떠난 적이 없었다.

그러다 보니까 세상 경험이 매우 부족하고 특히 돈을 물 쓰듯이 써야 하는 고급 주루나 기루 같은 곳에는 얼씬도 해보지 못했었다.

그런 무당팔검이 제남성의 고급 주루와 기루 수백 채가 모여서 불야성을 이루고 있는 황하유가를 보고 놀라서 입을 다물지 못하는 것은 당연했다.

그리고 화용군이 그들을 황하유가 제일기루인 으리으리한 무정루로 데리고 들어갔을 때 놀란 토끼 눈을 하고 사방을 두리번거리면서 연방 감탄을 터뜨리는 모습은 어린아이들 같았다.

화용군은 무당팔검을 놀라게 하고 싶은 생각은 추호도 없었고, 그들을 굳이 무정루로 데려온 이유가 이곳만큼 마음 편하게 술을 마시면서 대화를 할 수 있는 곳을 알지 못하기 때문이다.

　화용군이 들어서자 무정루 사람들은 황망히 코가 땅에 닿을 정도로 절을 했고, 부랴부랴 근처에 있는 직책 높은 사람들을 불렀다.

　"별채로 가겠다."

　"그러시지요."

　화용군이 얼마 전까지 거처로 사용했던 별채로 성큼성큼 걸어가자 총관은 앞장서서 안내했다.

　별채의 귀빈실 중앙에는 둥글고 커다란 자옥으로 만든 탁자가 놓여 있고, 황하 쪽의 벽면이 통째로 창이어서 그것을 한쪽으로 밀어 황하의 광경이 한눈에 들어오게 했다.

　"와아……."

　"맙소사… 여긴 별천지로군요."

　얼마 전까지만 해도 화용군을 비웃던 육, 칠, 팔검마저 혀를 빼물고 감탄을 금치 못했다.

　"앉읍시다."

　화용군의 말에 모두들 반쯤 정신이 나간 얼굴로 두리번거리면서 탁자에 빙 둘러앉았다.

그때 방문이 열리고 은지화가 들어서더니 반색을 하며 화용군에게 쪼르르 달려왔다.

"오신다고 미리 기별이라도 하실 것이지요."

"술 내와라."

은지화는 다시는 화용군을 못 볼 줄 알았다가 만나게 되어 죽은 남편이 살아서 돌아온 듯 반가워서 어쩔 줄 모르는데 화용군은 무덤덤하게 중얼거렸다.

"이분들은……."

"지화야."

"헤헤… 한 번도 손님을 모시고 온 적이 없으셨기에 궁금해서 그래요."

은지화는 혀를 살짝 내밀고는 몸을 꼬면서 교태를 부렸다.

무당팔검은 세상 경험이 별로 없을뿐더러 예쁜 여자는커녕 여자 자체를 많이 만나보지 못해서 은지화처럼 아름다운 여자는 생전 처음 보았다.

그들이 보기에 선녀 같은 옷차림에 머리를 틀어 올리고 귀밑머리를 살포시 늘어뜨린 그녀의 모습은 말로만 듣던 월궁 항아가 분명할 것 같았다.

은지화는 자신의 미모에 넋이 나간 무당팔검에게 치마를 잡고 살짝 고개를 숙였다.

"이곳 무정루의 루주인 은지화예요."

그녀는 화용군의 손님들을 극상으로 대접하여 화용군에게 환심을 사야겠다고 다짐했다.

무당팔검 중에 어느 누구도 이렇게 어마어마하게, 그리고 훌륭하게 차려진 술상을 구경조차 해본 적이 없었다.

산해진미, 미주가효라는 것은 말로만 들어봤었지 실제 눈으로 보기는 생전 처음이다.

"듭시다."

화용군이 술잔을 들면서 말하는데도 아무도 술잔을 따라서 들지 않고 일검 현영의 얼굴을 쳐다보았다.

"음, 화 도우."

현영은 어렵게 말을 꺼냈다.

"우린 돈이 그리 많지 않소."

그는 자신이 먼저 술을 사겠다고 말했기 때문에 상다리가 부러질 정도로 차려진 술상이 몹시 비쌀 거라는 예상에 지레 겁을 먹고 실토를 하는 것이다.

화용군이 무슨 소리냐고 손을 저으려는데 옆에 다소곳이 서 있던 은지화가 톡 끼어들었다.

"얼마나 있나요?"

현영이 쳐다보자 삼검 화영이 머뭇거리면서 대답했다.

"우리 총재산이 은자 일곱 냥이오."

은자 일곱 냥이면 구리돈 삼백오십 냥이니까 무당팔검이 북경으로 돌아가는 노자는 쓰고도 남는다. 물론 무당팔검식의 검박한 생활을 한다면 말이다.

은지화가 환하게 미소 지으며 섬섬옥수를 내밀었다.

"그럼 됐군요. 여기 술값은 은자 석 냥이니까 미리 선불로 내세요."

"……."

은지화가 손을 내민 채 가만히 있으니까 삼검 화영이 얼굴을 붉히면서 품속에서 돈주머니를 꺼내 은자 석 냥을 꺼내 그녀의 손바닥에 놓아주었다.

돈을 받은 은지화는 두 손으로 꼭 잡고 환하게 미소 지었다.

"이걸로 여러분은 우리 무정루를 오늘 하루 빌렸어요. 그러니까 마음껏 드세요."

무당팔검은 무정루의 어마어마함과 화려함, 천상의 것인 듯 착각이 들 정도의 향기롭고 맛있는 술과 요리에 한동안 어색하고 또 정신을 차리지 못했다.

그렇지만 원래 호탕한 성격들이라 술이 몇 순배 돌고 나자 내 집처럼 편안하게 술을 마시고 요리를 먹으면서 허심탄회하게 대화를 나누었다.

현영은 술을 마시다가 문득 생각이 났는지 대명호에서 자신과 화용군이 일 초식을 겨루었던 일에 대해서 사제들에게 솔직하게 다 설명해 주었다.

현영을 제외한 무당칠검은 소스라치게 놀랐다. 그들 모두의 대사형이자 가장 강하고 존경해 마지않는 현영이 일 초식을 전개하기도 전에 화용군에게 패했다는 사실은 충격 그 이상이기 때문이었다.

화용군과 무당팔검은 술을 마시면서 많은 대화를 나누었으며, 그러는 사이에 청영을 제외한 무당칠검은 먼저 화용군을 만나고 온 청영이 자신들에게 했던 말이 모두 사실임을 깨닫게 되었다.

그리고 청영이 설명한 화용군에 대한 칭찬은 오히려 청영의 설명이 부족했다는 사실도 알게 되었다.

"화 도우."

술자리가 시작된 지 한 시진이 지날 무렵 현영이 진중한 목소리로 화용군을 불렀다.

"우리 무당팔검은 이제 확실하게 화 도우를 믿게 됐소."

그의 말에 무당칠검들은 고개를 끄떡이거나 탁자를 두드리고 또 포권을 하면서 자신들이 화용군을 얼마나 굳게 믿게 되었는지 한마디씩 했다.

현영의 말이 이어졌다.

"그렇지만 우리 무당팔검이 화 도우를 믿게 되었다고 해서 무당파가 화 도우를 믿는 것은 아니라는 점을 분명하게 말하고 싶소."

현영은 화용군이 고개를 끄떡이는 것을 보면서 계속 말했다.

"물론 우리가 화 도우를 직접 만나서 보고 들은 얘기들을 북경에 계시는 사숙께 그대로 말씀드릴 테지만, 사숙이나 사부님이신 장문인께서 어떻게 생각하실는지에 대해서는 장담할 수가 없소."

"알겠소."

화용군은 현영의 말을 십분 이해했다. 무당팔검하고는 같은 젊은 사람끼리이고 마음속에 다들 '의협'이라는 것이 있으므로 얘기가 잘 통하지만, 일파를 책임져야 하는 노장들의 생각은 다를 수가 있다.

현영은 갑자기 입을 닫고 묵묵히 술 몇 잔을 연달아서 마셨다. 아니, 입에 쏟아부었다.

탁!

잠시 후에 현영은 술잔을 내려놓더니 무척이나 심각한 표정으로 화용군을 쳐다보았다.

"아무리 생각해도 이 말은 꼭 해야겠소. 그리지 않고는 술이 목으로 넘어가질 않소."

화용군은 잠자코 그를 바라보기만 했다.

"지금 생각해 보니까 북경에 모인 구파일방 사람 중에는 남천왕 편에 선 사람이 꽤 있는 것 같았소."

화용군은 개방이 하는 행실로 봐서 이미 개방이 남천왕의 앞잡이가 됐다고 생각했다.

그런데 구대문파에서 파견한 장로 이상의 인물들이 북경에 와서 매일 개방의 장문인이나 장로들과 얼굴을 맞대고 있으니 그들 중에 몇 명이 남천왕 편이 됐다고 해서 이상할 게 없다.

"무당파는 어떻소?"

화용군이 불쑥 묻자 현영은 상체를 꼿꼿하게 펴더니 손바닥으로 탁자를 세게 내리쳤다.

탁!

"본 파는 끄떡없소!"

화용군은 빙그레 엷은 미소를 지었다.

"그럴 거라고 생각했소."

제57장

———

잠입(潛入)

나흘 후. 화용군은 북경에 나타났다.

늦은 오후 화용군은 개방 북경 총타 외성분타주 능개를 만나 방방을 불러오라고 일렀다.

징계를 받고 있는 방방은 북경을 벗어나지는 못하는 대신 북경 성내에서는 자유롭게 활동할 수 있다고 했다.

화용군은 북경제일각이라는 칭호를 받고 있는 천화각(天華閣)으로 들어섰다.

오 층의 웅장하고 화려한 천화각 이 층으로 안내된 그는 점소이에게 책임사를 불러오라고 일렀다.

잠시 후 딱 벌어진 상체를 지닌 중년인이 화용군 앞에 나타나 제법 정중하게 말했다.

"부르셨습니까?"

"뭐하는 사람인가?"

"핫?"

"천화각에서 직책이 뭐냐는 걸세."

강단 있어 보이는 성격의 중년인은 볼멘소리를 했다.

"이 층 주방 부책임자이오만… 대체 무슨……."

제남 무정루를 떠날 때 은지화가 말했었다. 용군단의 간부급들은 모두 총단주인 화용군의 용모를 알고 있기 때문에 그들 앞에서는 따로 말이 필요 없다는 것이다.

그런데 이 층 주방 부책임자라는 중년인은 화용군을 알아보지 못했다.

그때 삼 층으로 뻗은 계단을 오르려던 한 초로인이 우연히 이쪽을 보더니 안색이 크게 변해서 황급히 뛰듯이 다가오며 소리쳤다.

"하이고! 화 대인 왕림하셨습니까?"

초로인은 마치 귀빈을 대하듯 두 손을 비비면서 중년인에게 어서 가보라는 눈짓을 해 보였다.

중년인이 공손히 절을 하고 물러가자 초로인은 두 손을 비

비는 걸 멈추고 방금 전과는 달리 최고의 예의를 갖춰서 화용
군에게 물었다.

"제남에서 오셨습니까?"

"그렇소."

"위로 오르시지요. 소인이 안내하겠습니다."

초로인은 더욱 공경하게 삼 층으로 뻗은 계단을 가리키며
앞장섰다.

초로인은 담광(潭廣)이라고 하며, 북경제일각 천화각의 각
주의 신분으로서 화용군이 제남에서 북경으로 떠났다는 전갈
을 받은 이후 그를 영접하기 위해서 줄곧 천화각 바깥을 서성
이고 있었다. 물론 천화각은 용군단 소유다.

담광은 그러다가 잠깐 소피를 보려고 자리를 비웠는데 그
때 화용군이 천화각에 들어온 것이다.

천화각주 담광은 화용군을 천화각 맨 위층인 오 층의 어느
방으로 안내했다.

오 층은 천화각 사람들조차 몇 사람을 제외하고는 절대 올
라가지 못하는 성역 같은 곳이다.

"그것 말고 달리 지시하실 일이 있으십니까?"

화려함이 극에 달한 실내의 크고 푹신한 호피의에 앉은
화용군 앞에서 담광은 최대한 몸을 낮춘 자세로 공손하게

물었다.

"없네."

"알겠습니다. 술상을 보라 이르겠습니다."

"아니, 그가 오면 같이 먹겠네."

화용군은 담광에게 이곳으로 방방을 데려오라고 지시했다. 용군단 내에는 자체적으로 무사를 양성하는 조직이 있는데 용무대(龍武隊)라고 부르며 거기에 소속된 오천여 명을 용무사(龍武士)라고 한다.

최초에는 용군단의 호위를 위해서 무림인들을 모았었는데 용군단이 빠르게 성장하면서 수요가 급증하게 되자 무술이 뛰어난 사범들을 수십 명 고용하여 용무대를 조직하고 젊은 청년들을 대거 모집해서 무술을 가르쳐서 용무사로 길러서 사용하고 있는 상황이다.

용무사 전체 인원 오천여 명은 남녀의 비율이 칠대 삼 정도로 구성되었다.

천화각에도 용무사가 삼십 명 배치되어 있으며, 담광은 용무사 두 명에게 방방에게 말을 전하라고 명령했다.

이미 점심시간이 훨씬 지난 늦은 오후이며 화용군은 식사를 하지 않았으나 참았다가 방방과 해후한 후에 먹기로 했다.

"용무사 실력은 어느 정도 수준인가?"

화용군의 물음에 담광은 생각할 것도 없다는 듯 즉답했다.

"일류입니다."

"오천여 명이 전부?"

"그렇습니다."

담광은 확신에 찬 자신만만한 모습이다.

"우리가 제아무리 뼈 빠지게 돈을 벌어도 강탈당하면 아무 소용이 없습니다. 몇 차례 그런 일을 당하고 나서 상단주께서 큰 결단을 내리셔서 용무대를 만드신 겁니다. 상단주께선 거기에 모든 것을 아낌없이 쏟아부으십니다."

상단주란 한련을 말한다. 용군단이 애써 번 돈을 날것으로 먹으려는 자들이 도처에 깔려 있고, 또 그런 강탈을 몇 번 당하고 나니까 한련 성격에 가만히 있었을 리가 없다. 화용군은 담광의 말만 들어도 대충 이해가 갔다.

그때 방문 밖에서 나직하며 조용한 여자의 목소리가 들렸다.

"각주, 다녀왔습니다."

"들어오시오."

척!

담광은 문을 열고 들어와 나란히 서서 정중히 포권지례를 하는 일남일녀를 가리키며 화용군을 쳐다보았다.

"이들은 본 각에 배치된 삼십 명 용무사의 우두머리인 소대주(小隊主)와 분대주(分隊主)입니다. 한번 실력을 시험해 보시겠습니까?"

이십 대 초반인 듯한 남녀는 날렵한 경장 차림에 어깨에는 한 자루씩의 검을 메고 있으며 무술로 단련된 듯 꽤 단단한 모습이고 날카로운 눈빛이다.

화용군은 일어나며 손을 저었다.

"아니, 됐네."

담광은 총단주인 화용군이 무술에 어느 정도 조예가 있다고만 알고 있을 뿐이지 그가 저 명성이 자자한 탈명야차, 혹은 옥면야차인 줄은 꿈에도 모르고 있었다.

그러니까 천화각의 용무사를 한번 시험해 보라는 어이없는 말을 하는 것이다.

담광은 화용군 얼굴에 설핏 떠오른 표정이 못 미더움이라고 오판했다.

"상상하시는 것보다 이들의 재주가 괜찮습니다."

화용군은 담광이 이처럼 권하는 것은 용무사들에 대한 신뢰가 밑바탕되었다고 짐작했다.

하지만 곧 방방이 올 테고, 또 이들 일남일녀의 실력을 구경하는 것은 중요하지 않기 때문에 다시 한 번 손을 저어 거절했다.

"나중에 보지."

탕!

"각주."

그때 일남일녀의 남의 경장녀, 즉 소대주가 한쪽 발로 바닥을 가볍게 구르며 입을 열었다.

"저분께선 우리를 무시하는 것 같습니다."

"그, 그게 아니오."

담광은 조금 당황해서 손을 저었다.

여자는 용무대 휘하 소대주의 신분으로 등급으로 치자면 천화각주인 담광하고 비슷하다고 할 수 있다. 비록 용무사들이 천화각에 배치되긴 했으나 천화각 소속이 아니기 때문에 담광도 그들을 함부로 대할 수가 없다.

또한 화용군이 총단주라는 사실은 용군단에서도 최상위의 몇 명만 알고 있을 만큼 극비 사항이다.

용무대 소대주와 분대주는 화용군이 무림인이며 담광의 손님으로 왔는데 자신들을 무시한다는 생각에 기분이 살짝 나빠진 것이다.

"그렇다면 제가 저분을 시험해 보겠습니다."

스릉—

소대주는 담광이 말릴 새도 없이 어깨의 검을 뽑으면서 화용군에게 걸어갔다.

아니, 걸어가면서 어깨에서 뽑은 검을 그대로 화용군을 향해 그었다.

쌔애액—

소대주는 일검을 그어내려 화용군의 정수리를 쪼개어 가는 것처럼 보이지만 실제로는 화용군의 좌우도 동시에 그어 내리기 때문에 그가 피하려면 재빨리 뒤로 물러서거나 바닥으로 몸을 던져야만 하는 상황이다.

그렇지만 뒤에는 호피의가 있기 때문에 바닥에 몸을 던질 수밖에 없다.

아마도 소대주는 화용군을 바닥에 내동댕이치려는 의도인 것 같았다.

담광은 소대주의 예리한 검이 화용군의 정수리를 향해 벼락같이 그어 내리고 있는데도 그가 피할 생각을 하지 못한 채 우두커니 서 있는 걸 보고는 혼비백산했다.

"멈춰라!"

껑—

실내에 금속성이 울리고 소대주는 검을 아래까지 그어 내렸다. 하지만 그녀의 손에 쥐어져 있는 검은 절반뿐이다.

그런데 부러진 검의 앞쪽 절반은 어찌 된 일인지 화용군의 검지와 중지 사이에 끼워져 있었다.

"……."

소대주는 어이없다는 표정으로 자신의 부러진 검과 화용군 손가락 사이의 검을 번갈아 쳐다보았다.

그녀는 화용군이 어떻게 손을 썼는지 제대로 보지도 못했다. 그래서 자신이 일 초식 만에 패했다는 사실을 도저히 인정할 수가 없었다.

그녀가 공격을 했는 데도 불구하고 검이 절반으로 부러지고 부러진 절반의 검이 상대의 손가락 사이에 쥐어져 있다면 누가 봐도 명백한 패배다.

소대주는 잘근 입술을 깨물었다. 그녀는 이대로 물러서고 싶은 생각이 없는 것 같았다.

조금 전까지만 해도 화용군을 시험해 보고 싶었으나 지금은 제대로 승부를 내고 싶었다.

순간 그녀는 절반뿐인 검으로 화용군의 상체 다섯 곳을 번개같이 찔러갔다.

슈슈슉—

거리는 불과 일곱 자. 몸을 날리면서 부러진 검을 뻗으면 무조건 찔릴 수밖에 없는 거리이고 자세다.

그렇지만 느긋한 모습의 화용군은 여전히 부러진 검의 앞부분을 두 개의 손가락 사이에 낀 상태로 마치 젓가락을 휘두르듯 소대주의 찔러오는 검을 마주쳐 나갔다.

째째쨍—

"악!"

쨍강—

소대주는 기겁하여 뾰족한 비명을 지르면서 잡고 있던 검을 놓아버렸다.

검을 통해서 거대한 힘이 쏟아져 들어와서 손아귀가 찢어지고 오른팔이 부러질 것만 같았기 때문이다.

"아아……."

소대주는 자신이 일류고수로서 손색이 없는 실력이라는 것과 그것에 대단한 자부심을 지니고 있다.

그런 자신을 화용군이 마치 어린아이 다루듯이 갖고 놀았다면 과연 그의 실력이 어느 정도인지 능히 짐작할 일이다. 이 정도 되면 소대주로서는 패배를 인정하지 않을 수가 없다.

소대주는 왼손으로 뒷짐을 지고 오른손 손가락 사이에 부러진 검을 낀 채 조용히 서 있는 화용군을 넋 나간 얼굴로 바라보았다.

"감히 총단주께 무슨 짓인가?"

그때 담광이 호통을 치며 소대주를 꾸짖었다. 그는 소대주의 느닷없는 공격에 화용군이 잘못되는 줄 알고 심장이 콩알처럼 작아졌었다.

"아……."

소대주는 소스라치게 놀라서 그 자리에 얼음덩어리가 되어 화용군을 바라보다가 풀썩 엎어지며 부복하여 머리를 조아렸다.

"주… 죽을죄를 졌습니다……."

뒤쪽에 있던 분대주도 그 자리에 부복했다.

실내에는 고요한 정적이 흘렀다. 남광이나 소대주, 분대주는 엉망진창이 돼버린 이 상황을 어찌해야 될지 판단이 서질 않아서 아무 말도 하지 못했다.

척!

그때 문이 열리고 말쑥한 경장 차림의 방방이 들어오면서 혀를 끌끌 찼다.

"쯧쯧쯧… 감히 탈명야차를 건드리다니 목숨을 여벌로 몇 개쯤 갖고 다니는 여자로군."

방방은 문 밖에서 실내의 상황을 다 들었던 것이다.

"타… 타… 탈명야차……."

남광은 혼비백산하여 턱이 떨어진 것처럼 입을 크게 벌렸고, 소대주와 분대주는 부복하고 있다가 고개를 들고 경악하는 얼굴로 화용군을 올려다보았다.

화용군을 우러러보는 소대주의 얼굴이 백지장처럼 하얗게 질렸으며 등줄기에는 식은땀이 흘렀다.

"아아… 총단주… 죽여주십시오……."

지금은 용서해 달라고 빌 상황이 아니라서 소대주는 이마를 바닥에 대고 부들부들 몸을 떨었다.

화용군은 손을 뻗어 소대주의 어깨를 잡아 일으켰다. 소대주는 감히 그를 마주 바라보지 못하고 고개를 숙였다.

"싸움에 임해서 감정을 잘 다스리기만 해도 절반은 이기고 들어가는 것이다."

"……."

소대주는 놀라서 고개를 들고 화용군을 바라보았고 그의 말이 이어졌다.

"내 경험에 의하면 싸움의 승패는 실력이 절반이고 감정 절제가 절반이다."

소대주는 감명받은 듯한 표정을 지었다.

"그렇지만 총단주께는 감정 절제를 해도 안 될 것 같습니다."

방방이 툭 끼어들었다.

"낭자, 그런 상황을 달걀로 바위를 친다고 하는 거요."

소대주는 멍하니 방방을 쳐다보다가 얼굴을 붉혔다.

"그렇군요."

방방은 오십 대 초반의 갈의 장삼을 입은 인물과 같이 왔다.

"본 방의 총방교님이셔."

세 사람은 탁자에 둘러앉아 있는데 방방의 소개에 화용군이 자리에서 일어나 정중하게 포권했다.

"화용군이오."

개방 총방교 삼절묘개도 일어나서 마주 포권했다.

"삼설이오."

삼절묘개는 강호에서 배분이 장문인이나 장로 바로 아래로 꽤 높은 편이지만 화용군에게 예의를 갖추었다. 상대가 젊은이라고 무조건 무시하지 않는 그의 인격을 들여다볼 수 있는 대목이다.

일전에 화용군은 제남에 온 능개에게 개방에서 올곧은 인물이 누구냐고 물었고, 총방교 삼절묘개라는 대답에 그를 만나고 싶다는 말을 했었다.

북경 개방 총타에 돌아온 능개는 방방을 만나서 화용군의 말을 전했고, 방방이 삼절묘개에게 은밀히 화용군 얘기를 하고는 만나기를 권했던 것이다.

방방은 근신 중이지만 북경 내에서는 행동에 제약을 받지는 않는다.

그렇지만 화용군을 만나러 가는데 눈에 띄게 거지꼴로 돌아다닐 수는 없기에 삼절묘개와 함께 깨끗한 옷을 입고 온 것이다.

"방방에게 얘기 들었소."

방방이 삼절묘개를 데리고 오려면 화용군에 대해서 설명하지 않을 수 없었다.

삼절묘개의 도움을 받으려면 어차피 화용군이 해야 할 설명이었다.

방방이 고개를 끄떡였다.

"자네에 대해서 알고 있는 것은 다 말씀드렸어."

화용군은 방방을 보며 미안한 표정을 지었다.

"자네가 나 때문에 고생하는군."

방방은 깜짝 놀랐다. 그가 알고 있는 예전의 화용군은 절대 이런 식으로 말하지 않기 때문이다. 화용군은 상대를 배려하지 않는 것으로 유명했다.

"자네… 변했군?"

화용군은 엷은 미소를 지었다.

"철이 든 거지."

화용군은 예전 자신의 성격이 어땠는지 정확하게 알지는 못하지만 환영받지 못할 정도였다는 것은 짐작한다.

그런 성격을 갖게 된 이유가 야차도 때문인지 아니면 자신이 처한 환경 때문인지는 몰라도 고쳐야 한다는 사실은 알고 있었다.

그러다가 제남에서 꽤 오랫동안 칩거하면서 많은 생각을 하게 됐고, 또 천보의 영향으로 냉혹하고 잔인하며 자기중심적이었던 성격이 자연스럽게 고쳐졌으며 지금도 고쳐가고 있는 중이다.

화용군은 예전에는 한 번도 지어본 적이 없는 부드러운 표정으로 방방에게 말했다.

"좋은 시절이 오면 자네에게 다 보답하겠네."

방방은 두 손을 저었다.

"이러지 말게. 예전의 자네 같지 않아서 무서워. 그냥 예전처럼 하게."

그날 화용군은 천화각에서 방방, 삼절묘개와 밤늦도록 많은 대화를 나누었다.

삼절묘개는 개방에서 방주, 장로에 이어 세 번째 지위에 있는 만큼 아주 많은 사실을 알고 있었다.

삼절묘개는 자신이 알고 있는 많은 정보를 무조건적으로 화용군에게 발설하지는 않았다.

그전에 방방이 자신에게 해준 말이 사실인지에 대해서 나름대로 까다로운 검증 절차를 거쳤다.

삼절묘개가 방방과 화용군의 말을 믿을 수 있는 이유는, 남천왕과 개방, 그리고 구대문파의 결탁에 대해서 그만큼 많이, 그리고 잘 알고 있기 때문이다.

한쪽의 상황인 남천왕이나 구대문파에 대한 일들을 잘 알고 있기 때문에 다른 쪽, 즉 화용군의 설명을 들어보면 전체적인 그림이 나와서 과연 누구 말이 옳은지 판단할 수 있는 것이다.

그리고 그 판단에서 삼절묘개는 화용군의 말이 전적으로 옳다고 단정했다.

삼절묘개는 개방이 남천왕의 눈과 귀가 된 것은 물론이고 아예 수족처럼 전락했다는 사실과 구대문파 중에서 무당파와 소림사, 곤륜파, 아미파를 제외한 다섯 개 문파가 직, 간접적으로 남천왕을 돕고 있다고 털어놓았다.

"무림은 관(官), 특히 황궁의 일에 관여하지 말아야 한다는 것이 내 지론이지만, 지금까지의 무림사를 돌이켜 봤을 때 무림은 관이나 황궁이 위기에 직면하여 도움을 청할 때는 어느 정도 선에서 조력해 왔던 것이 사실이오."

삼절묘개는 자신이 작금의 상황, 특히 개방과 남천왕의 결탁을 못마땅하게, 아니, 매우 위험한 상황이라고 여기는 이유를 설명했다.

"무림이 관이나 황궁을 도우려면 거기에 마땅한 명분이 있어야 하오. 그러나 남천왕이 탐욕스럽고 잔인한 사람이라는 건 알 만한 사람은 다 알고 있소. 남천왕은 황제가 되려고 수단 방법을 가리지 않고 있소. 나는 본 방이 그런 인물의 수족이 됐다는 사실이 너무도 개탄스럽소. 아마도 개방은 이 일로 영원히 무림의 지탄을 받게 될 것이오."

술이 취하자 삼절묘개는 꾹꾹 감추어두었던 말까지 거침

없이 내뱉었다.

"무림이나 백성 절대다수가 동명왕이 다음 대 황제로 오르기를 원하고 있소. 그건 나 역시 마찬가지요. 동명왕은 요순(堯舜) 임금에 버금가는 성군이 되실 것이오."

삼절묘개는 긴 한숨을 내쉬었다.

"휴우… 그런데 동명왕께선 가족과 함께 절해고도에 유배를 가서서 생사조차도 알 길이 없으니……."

화용군은 삼절묘개에게 동명왕에 대해서 말해주지 않고 말을 아꼈다.

그를 조금 더 지켜본 후에 깊은 얘기를 해줘도 늦지 않을 것이기 때문이다.

화용군은 삼절묘개에게 많은 얘기를 들었으며 그중에서도 가장 중요한 내용은 두 가지였다.

당금 황제의 임종이 임박했으며 남천왕은 모든 준비를 착착 진행하였기에 황제가 임종만 하면 그 즉시 일사천리로 황위에 오를 거라는 내용이 첫 번째다.

그리고 두 번째는 화용군이 그토록 찾아 헤맸던 감태정이 현재 북경에 있다는 사실이다.

자정이 넘은 깊은 밤에 화용군은 천화각을 나섰다.

감태정이 북경에 있다는 말을 듣고서는 도저히 그대로 있을 수가 없어서 밤이 이슥해지기를 기다렸다가 감태징에게 가볼 생각으로 밤거리에 나온 것이다.

화용군은 방방, 삼절묘개와 함께 술을 많이 마셨으나 두 사람이 돌아가고 나서 운공을 하여 체내의 취기를 깡그리 몰아냈다.

그는 북경 성내 지리에 대해서는 잘 모르지만 아까 방방이 대충 설명해 준 방향으로 무작정 달려갔다.

감태징이 남천왕의 거처에 묵고 있다는 사실은 삼절묘개가 알려주었으며, 남천왕의 거처가 구문제독부 옆의 예전 남천왕부라는 것과 위치는 방방이 설명해 주었다.

자정이 훨씬 넘은 밤거리에는 소슬한 바람만 불어올 뿐 컴컴하고 인적이라곤 전혀 없다.

화용군은 경공을 전개하여 그 길을 나는 듯이 질주했다. 아무것도 거칠 것이 없지만, 누군가 앞길을 가로막는다면 두말할 필요도 없이 죽일 준비가 되어 있다.

새카만 흑의 경장을 입은 화용군은 남천왕부 담 밖을 한 바퀴 돌면서 공력을 끌어 올려 담 안의 기척을 살폈다.

아무리 물불 가리지 않는다지만 이 정도도 하지 않고 무작정 뛰어들 만큼 이성을 잃은 것은 아니다.

그가 잠시 동안 살펴본 바에 의하면 일류급의 고수들이 담 안쪽에 드문드문 순찰을 돌고 있는데 잠입하는 데에는 아무런 문제가 되지 않았다.

숫—

화용군은 남천왕부의 뒷담을 기척 없이 넘었다. 담 안쪽은 아무것도 없는 텅 빈 마당이다.

보통 장원들은 담을 넘으면 안쪽이 대부분 인공 숲인데 이곳은 숲이 전각 둘레에만 있고 다른 곳은 넓은 마당으로 사방이 탁 트여 일체의 엄폐물이 없다.

누군가 침입을 하면 즉시 발견되도록 한 것인데 거기까지는 미처 예상하지 못했던 화용군은 전방에 보이는 전각을 향해 일직선으로 쏘아가면서 재빨리 주위를 살폈다.

주위는 대낮처럼 밝지는 않지만 곳곳에 유등과 횃불이 밝혀져 있어서 누군가 근처에 있다면 화용군의 모습을 발견하는 것은 어렵지 않았을 것이다.

삭—

당황까지는 아니지만 뜻밖의 상황에 가볍게 놀란 그는 전각 둘레 폭 이 장 정도의 인공 숲으로 스며들고는 재빨리 공력을 끌어 올려 바깥의 동정을 살펴보았다.

투투투퉁—

그때 갑자기 밤하늘에서 묵직하면서도 가벼운 음향이 잔잔하게 흘렀다.

화용군은 일시적으로 그게 무슨 소리인지 알아차리지 못했다가 한순간 번쩍 뇌리를 스치는 게 있다.

'화살!'

쏴아아아—

마른하늘에서 느닷없이 소나기가 퍼붓는 듯한 소리가 인공 숲 위에서 들렸다. 화살이 소나기처럼 퍼붓는다면 최소한 수십 발이라는 뜻이다.

화용군은 순간적으로 급히 생각했다. 인공 숲 속에 있다가 소나기 같은 화살이 한꺼번에 내리꽂히면 꼼짝없이 당할 수밖에 없다. 죽지는 않더라도 곤란한 상황에 처할 것이 분명하다.

파아아—

그가 인공 숲 밖으로 전력을 다해서 쏘아 나간 것과 수십 발의 화살이 인공 숲으로 쏟아져 들어온 것은 거의 같은 순간이었다.

타타타타타탁—

드넓은 마당으로 튀어 나온 그는 일순간 어떻게 해야 할지 결정을 내리지 못했다.

엄폐물이 전혀 없는 마당 한가운데에 서 있는 그의 모습은 사방 어디에서도 잘 보일 것이다.

그렇다는 것은 사방 어디에서도 그에게 공격을 할 수 있다는 뜻이다.

투투투투퉁—

그때 또다시 화산을 반사하는 소리가 들려서 그는 반사적으로 그쪽을 쳐다보았다.

그런데 그가 서 있는 곳에서 가장 가까운 십오 장 거리의 전각 지붕에 언제 나타났는지 삼십 명 정도의 궁수(弓手)가 서서 그를 향해 화살을 발사하고 있었다.

아니, 이미 발사한 삼십 발의 화살이 허공을 뒤덮은 채 그를 향해 빗발처럼 쏘아오고 있다.

그가 남천왕부에 잠입한 것을 눈치채고 궁수들이 동원된 것이 아니라 미리 전각 지붕에 대기하고 있다가 탄궁(彈弓)한 것이 분명했다.

그렇다고 해서 그들이 그가 잠입할 것을 미리 알고 있었던 것은 아닌 듯하다.

아마도 궁수들이 지금처럼 상시 전각 지붕에 매복해 있어야지만 가능한 일이다.

화용군은 지금 이 순간 두 개의 길 중에서 하나를 선택해야 하는 상황에 놓였다.

하나는 어차피 이왕 벌어진 일, 이곳에 남아서 자신에게 쏟아지는 화살을 쳐내거나 피하고 나서 궁수들과 고수들을 처치하고 감태정을 찾아나서는 것이고, 또 하나는 뒤도 돌아보지 않고 즉시 노방치는 섯이나.

촌각을 열로 쪼갠 순간에 결정을 내려야 하는데 그런 찰나지간의 결정을 이성적으로 할 수는 없다.

그는 불과 몇 시진 전에 천화각 소속의 용무사 소대주에게 감정대로 행동하지 말라고 따끔하게 충고를 해놓고서 지금 그 자신이 감정에 휘둘린 결정을 내렸다.

감정에 이끌리지 않고 이성적인 결정을 내리려면 최소한의 시간이 필요한데 그에겐 그럴 만한 겨를이 없었다. 그게 이유라면 이유다.

파라라락—

그는 양손을 휘둘러 쏟아지는 화살들을 쳐내면서 동시에 이리저리 민첩하게 보법을 밟아 피해냈다.

투투투퉁— 투투퉁—

그러나 또다시 탄궁성(彈弓聲)이 터졌다. 그런데 이번에는 조금 전 탄궁한 전각 지붕이 아니라 이쪽저쪽 대여섯 군데에서 터져 나왔다.

불길한 예감이 화용군의 뒤통수를 후려갈겼다. 대다수의 불길한 예감은 꼭 적중한다는 나쁜 선례가 많다.

그가 탄궁성의 출처를 확인하기도 전에 사방에서 발사된 수백 발의 화살이 실로 메뚜기 떼처럼 밤하늘을 새카맣게 뒤덮은 채 그의 한 몸으로 쏟아져 내렸다.

많은 궁수가 화살을 쏘면 반경(半徑)이라는 것이 형성된다. 삼십 명의 궁수가 십오 장 거리에서 발사한다면 아무리 정확하게 쏴도 최소 이 장 정도의 반경이 형성될 터이다.

이를테면 반경 이 장 안에 삼십 발의 화살이 집중적으로 쏟아지는 것이다.

그런데 지금 주변 다섯 채의 전각 지붕에서 각 삼십 명씩의 궁수가 화용군을 향해 일제히 탄궁을 했으며 최소한 반경 오 장 이내로 백오십 발의 화살이 소나기처럼 쏟아졌다.

화용군으로서는 이제 도망치려야 도망칠 수 없는 상황이 돼버렸다. 순간의 잘못된 결정이 그를 위험에 빠뜨리고 만 것이다.

이제는 두 팔을 휘두르는 것만으로 장대비가 퍼붓듯이 쏟아지는 화살들을 쳐낼 수가 없어서 야차도를 뽑아 움켜쥐고 칼춤을 추듯이 휘둘렀다.

타타타탁탁탁—

그는 화살들을 쳐내면서 담 쪽으로 달렸다. 조금 늦긴 했지만 이제라도 남천왕부를 탈출하려는 것이다. 이런 식으로 남천왕부의 고수들이 다 쏟아져 나오면 감태정을 찾아내기는커녕 목숨을 부지하는 것조차 어려워진다.

하지만 그마저도 뜻대로 되지 않았다. 어디선가 수십 명의 고수가 나타나더니 그가 달려가고 있는 담 쪽 방향을 가로막았다.

타타타다다닥―

화용군은 계속해서 쏟아지는 화살들을 야차도로 연신 쳐내면서 담 쪽으로 달리다가 고수들을 발견하고 주춤했다.

휘익!

그러나 그는 달려가던 방향으로 더욱 빠르게 질주했다.

지금은 수십 명이 담 쪽을 가로막고 있지만 잠시 후에는 수백 명이 사방을 겹겹이 포위할 것이라고 판단했다. 당금 최고의 세도가인 남천왕의 왕부에 수천 명의 고수가 우글거리고 있다고 해도 전혀 이상한 일이 아니다.

삼십 명의 궁수가 백오십 명으로 불어난 것처럼 수십 명의 고수가 수백 명으로 불어나는 것도 시간문제다.

화용군이 고수들에게 가까이 접근하면 궁수들이 더 이상 화살을 쏘아대지 못할 것이다. 화용군을 죽이려고 같은 편을 죽이지는 않을 테니까 말이다.

투투투퉁―

백오십 명의 궁수는 여전히 쉴 새 없이 화살을 쏘아대고 있지만 그 정도로는 화용군을 어떻게 하지 못한다. 다만 그를 꼼짝하지 못하게 묶어둘지는 모르지만, 지금은 그마저도 여의치 않았다.

어느덧 화용군은 화살을 쳐내면서 수십 명, 아니, 오십여 명 고수가 벽을 형성하고 있는 한복판으로 돌진했다.

그들이 제아무리 일류고수이고 오십여 명이나 되더라도 화용군을 가로막을 수는 없다.

슈슈슈슉—

화용군이 고수들하고 가까워지자 과연 궁수들은 더 이상 탄궁하지 못했고, 그로써 그는 운신이 홀가분해져서 전방의 고수들을 향해 무차별 야차도를 뻗었다.

스퍼퍼퍼퍼퍽—

"컥!"

"캑!"

야차도는 적들의 목과 미간, 심장을 정확하게 찔렀으며 단 한 차례의 공격으로 일곱 명이 답답한 신음을 흘리면서 그 자리에 고꾸라졌다.

적들은 화용군이 누군지 모른다. 하지만 단 한 번의 격돌로 한꺼번에 일곱 명이 거꾸러지자 모두들 움찔 놀라서 감히 공격을 하지 못했다.

그 순간을 노리고 화용군은 신형을 멈추지 않은 상태에서 두 번째 공격을 퍼부었다.

퍼퍼퍼퍽! 파파아아—

야차도가 순식간에 네 명을 찌르고 네 명의 목을 베었으며 화용군은 피를 뿌리며 쓰러지는 그들 사이를 스쳐 지나 담 위로 비스듬히 날아올랐다.

탓— 쉬이이—

담을 넘어 밤거리에 내려선 화용군은 전력을 다해 어둠 속으로 쏘아갔다.

화용군은 미행을 당하고 있을지 모르기 때문에 곧장 천화각으로 가지 않고 오히려 반대쪽으로 달렸다.

'경솔했다.'

그는 달리면서 자신의 경솔함을 반성했다. 남천왕부쯤 되는 곳을 별다른 계획이나 조심성도 없이 무작정 잠입한 것은 어처구니없는 일이었다.

그는 자신이 아직도 섣부르고 경솔한 인간이라는 사실을 다시 한 번 깨달았다.

일이 이 정도에서 끝났기에 망정이지 까딱 잘못했으면 큰일을 망칠 뻔했다.

상대는 다음 대 대명제국의 황제로 낙점된 남천왕이다. 그걸 조금만 더 심사숙고했다면 그런 실수는 저지르지 않았을 것이다.

그렇지만 남천왕부에 감태정이 있다는 사실을 알게 된 이상 이대로 물러날 수는 없다. 무슨 일이 있어도 기필코 감태정을 죽여야만 한다.

세상 모든 일에는 순서가 있다. 감태정을 먼저 죽이고 그다음에는 남천왕이다.

그때 화용군은 자신이 달리고 있는 전방의 대로 한복판에 누군가 한 사람이 우뚝 서 있는 모습을 발견했다.

화용군은 낯선 인물의 오 장 앞에 멈췄다가 천천히 걸어서 다가가며 살펴보았다.

이런 시각에 텅 빈 거리 한복판에 서서 달려오는 화용군을 주시하고 있다면 그에게 볼일이 있는 게 분명하다.

화용군은 남천왕부를 벗어나서 자기 딴에는 제법 빠른 경공술로 도주를 했기에 추격자가 없을 것이라고 생각했다. 당시 그곳에 있던 고수들로서는 화용군을 추격할 엄두를 내지 못했을 것이다.

그렇지만 화용군이 보기에 앞에 서 있는 인물은 남천왕부의 인물이 분명했다.

그렇지 않다면 이런 시각에 그의 앞길을 가로막고 서 있을 까닭이 없다.

척!

화용군은 그 인물의 이 장 앞에서 멈추고 어깨를 펴며 당당한 자세를 취했다.

그자는 무릎까지 내려오는 청의 도포를 입었으며 어깨에는 한 자루 장검을, 머리는 상투를 틀었고, 약간 길쭉한 얼굴에 검은 수염을 길게 기른 오십 대 중반의 나이로 화용군으로 서는 처음 보는 얼굴이다.

그러나 도포를 입었으니 도가(道家)의 인물일 테고, 화용군의 앞을 가로막은 것으로 미루어 앞질러 올 정도의 대단한 경공의 소유자일 것이다.

화용군이 이런 사실을 미리 알고 최고의 경공을 전개해서 도주했다면 도포인을 떨쳐 낼 수도 있었을 테지만 이미 상황은 벌어졌다.

도포인은 남천왕과 결탁한 구대문파 중에서 도가, 즉 청성파나 점창파, 공동파의 인물이 분명할 터이다.

"도우는 누군가?"

도포인은 조용한 목소리로 짐짓 점잖게 입술을 뗐다.

"너는 남천왕의 개냐?"

그러나 화용군의 입에서는 뜻밖에도 대답 대신 거친 말이 튀어 나갔다.

도포인의 짙은 눈썹이 보기 싫게 꺾였다.

"입이 험하구나."

"그럼 너는 개한테 예의를 갖추느냐?"

도포인은 기분이 몹시 상해 살심이 솟구쳤지만 꾹 눌러 참는 기색이 역력했다.

최소한 한밤중에 남천왕부에 침입하고 또 자신에게 이런

폭언을 하는 자가 누구인지 알고 나서 죽이기 위해서다. 그냥 죽이면 답답함이 오랫동안 그를 괴롭힐 터이다.

"너는 누구냐?"

도포인은 다시 물었다. 조금 전에는 그나마 점잖게 물었지만 이번에는 노골적으로 적의를 드러냈다.

"그러는 너는 누구냐?"

도포인은 저 버르장머리 없는 놈이 누군지 알아내기까지는 인내하리라 마음먹었다.

"노도는 공동파의 현광검(玄光劍)이라고 한다."

화용군의 짐작이 맞았다. 도포인은 남천왕과 결탁한 오대문파 중에 공동파의 도사였다.

"이제 네가 누군지 밝혀⋯⋯."

현광검은 자신이 누군지 밝혔으니까 당연히 상대도 신분을 밝힐 것이라고 순진하게 생각하고 묻다가 움찔했다.

쉬익!

화용군이 대답 대신 번쩍 곧장 쏘아오면서 벼락같이 오른손을 뻗었기 때문이다.

화용군으로서는 현광검에게 더 이상 궁금한 것이 없다. 남천왕과 결탁한 개라면 죽어 마땅하다는 것이 그의 생각이라서 불문곡직 공격한 것이다.

"이놈!"

속았다고 판단한 현광검은 드디어 분노가 폭발했다.

사실 남천왕과 결탁한 오대문파는 돌아가면서 남천왕부를 경호하겠다고 자청했으며 오늘 밤은 공동파의 순서다.

현광검은 공동파에서 제자 칠십 명을 이끌고 북경에 온 공동이로(崆峒二老), 즉 장로 중에 한 명이다.

화용군이 불과 이 장 앞에서 벼락같이 급습을 했으나 현광검을 일도에 죽이지는 못했다.

그만큼 현광검이 고수라는 뜻이다. 구대문파 중에 공동파의 장로라면 호락호락한 인물은 아니다. 그렇다고 해서 화용군의 적수가 될 수는 없다.

"우웃!"

사악—

현광검은 다급하게 뒤로 미끄러지듯 물러나면서 상체를 비틀었으나 야차도가 옆구리의 옷을 찢었다.

현광검은 급히 피하느라 자세가 흐트러졌으며 어깨의 검도 뽑지 못한 상황인데 화용군은 그림자처럼 그를 압박하면서 두 번째 공격을 퍼부었다.

현광검은 속았다는 사실 때문에 분노가 폭발했지만 화용군의 급습으로 인하여 궁지에 몰리게 되자 분노는 씻은 듯이 사라지고 놀라움과 두려움이 엄습했다.

우르르릉—

야차도에서 태극혜검 사 초식 완벽한 구주풍뢰가 전개되자 가슴을 울리는 우렛소리가 흘렀다.

현광검은 우렛소리를 듣는 순간 움찔했다. 무당파의 절기 태극혜검의 구주풍뢰 초식이라는 것을 깨달은 것이다.

구주풍뢰를 완벽하게 익히게 되면 찰나지간에 상대의 몸 서른일곱 곳의 급소를 동시에 공격하는 절초를 전개할 수 있다.

물론 야차도에서는 서른일곱 줄기의 흐릿하고 가느다란 검기가 번갯불처럼 뿜어져 나갔다. 그리고 절정고수일수록 검기가 가늘고 강력해진다.

"아……."

현광검은 너무도 놀라서 얼어붙은 것처럼 그 자리에서 꼼짝도 하지 못했다.

화용군이 태극혜검의 구주풍뢰를 전개했기 때문이기도 하지만, 서른일곱 개의 검기에 놀랐으며 그것들이 지독하게도 빠른 속도로 쏘아오는 터에 피할 엄두를 내지 못했다.

게다가 그림자처럼 짓쳐드는 공격이 너무 가까웠다. 아니, 가깝지 않았다고 해도 낭패를 당하는 것은 마찬가지였을 것이다.

퍼퍼퍼퍼어—

"흐악!"

현광검은 마지막 순간에 죽을힘을 다해서 피하려고 했으나 서른일곱 개의 검기를 피하기는 역부족이었다. 스물세 개의 검기가 그의 온몸에 벌집처럼 숭숭 구멍을 뚫으면서 관통해 버렸다.

쿵쿵쿵쿵―

현광검은 온몸의 앞뒤 뚫어진 구멍에서 피를 콸콸 쏟으면서 쓰러질 듯 뒤로 대여섯 걸음이나 물러났다.

"너… 너……."

현광검은 불신의 일그러진 표정으로 화용군을 쏘아보며 더듬거렸다.

"아직도 내가 누군지 궁금하냐?"

화용군은 야차도를 소매 속에 넣으며 입술 끝으로만 잔인하게 미소 지었다.

"너는… 탈명야차로군……."

현광검은 그 한마디로 중얼거리고는 스르르 뒤로 기울다가 쓰러져 숨을 거두었다.

제58장

———

무당 제자가 되다

휘익! 휙! 휙!

캄캄한 밤. 대로에 십여 개의 검은 인영이 한쪽 방향으로 쏘아가고 있다.

그러다가 그들은 대로 한복판 바닥에 하늘을 향해 누워 있는 한 구의 시체를 발견했다.

"아앗! 사부님!"

"으헛! 사숙님이 돌아가셨다!"

공동파의 제자들은 온몸 수십 군데 구멍이 숭숭 뚫려서 자신이 흘린 핏물 속에 덩그러니 죽어 있는 현광검 주위로 몰려

들면서 비명을 터뜨렸다.

남천왕부에 괴한이 침입하여 공동파 제자 열다섯 명을 죽이고 도주, 이후에 추격했던 공동이로 중 한 명 현광검을 죽였다는 소문이 파다하게 북경성 내에 퍼졌다.

현광검의 몸에 난 상흔이 태극혜검의 구주풍뢰인 것으로 미루어 흉수가 무당파 출신이며 검기를 발출했다는 사실 때문에 장로 이상의 절정고수일 것이라는 추측이 나돌았다.

남천왕부에서는 수백 명의 고수와 천여 명의 무사, 그리고 그보다 훨씬 많은 관군(官軍)을 동원하여 북경성 내를 온통 들쑤시고 다니며 괴한을 색출하는 데 전력을 기울였다.

무령장(武領莊)에는 무당파에서 온 도사들이 머물고 있다.

원래 무령장은 예전 무당파 제자였던 인물이 사는 곳인데 이번에 무당파 사람들이 북경에 오자 그들을 위해서 장을 통째로 빌려준 것이다.

아까부터 무령장 어느 전각에서 고성이 오가고 있다.

한 시진 전 화산파 장로 화산삼로 중에 전풍자(電風子)가 제자들을 이끌고 찾아온 이후에 얼마 지나지 않아서 쩌렁쩌렁한 고성이 터져 나와 장원 밖의 거리를 오가는 행인들에게까지 들릴 정도다.

전풍자는 무령장에 찾아와서 한 시진 내내 소리만 지르다가 별 소득을 얻지 못한 채 돌아갔다.

무령장 내의 어느 전각 안 거실에 무당삼로 중에 첫째 장로인 우령진인(宇靈眞人)과 무당팔검 아홉 명이 모여 있는데 모두 심각한 표정들이다.

반백의 수염을 길게 기른 위풍당당한 모습의 우령진인은 혼자 의자에 앉아서 엄숙한 표정으로 한참 동안 생각에 잠겨 있는 중이고, 무당팔검은 입도 벙긋하지 못한 채 앞쪽에 늘어서 있다.

조금 전 떠난 화산파 전풍자는 죽은 공동파 현광검의 시신에 태극혜검의 구주풍뢰 초식이 새겨져 있다는 사실 때문에 한바탕 소란을 피웠다.

완벽한 구주풍뢰에 검기까지 발출할 정도면 무당파의 장문인이나 무당삼로 중 한 명인데 이게 도대체 어떻게 된 일이냐고 따진 것이다.

물론 전풍자는 무당파 장문인이나 무당삼로가 그런 짓을 하지 않았다는 사실을 안다. 그들이 현광검을 죽일 이유가 터럭만큼도 없기 때문이다.

그렇지만 흉수가 무당파의 절정고수라고 믿기에 그자가 누구냐고 우령진인에게 따지고 든 것이다.

물론 우령진인은 처음부터 끝까지 시종일관 모르쇠로 나갔다. 홍수가 누구인지 짐작가지 않는 바는 아니지만 단호하게 선을 그었다.

능구렁이 전풍자는 우령진인이 뭔가를 알고 있으면서도 끝까지 잡아뗀다는 사실을 눈치채고 홍수가 누구냐고 고래고래 소리만 지르다가 물러갔다.

무당팔검은 숨소리도 크게 내지 못한 채 조용히 우령진인이 먼저 말문을 열기를 기다렸다.

"현영아."

"네… 옛! 사부님!"

우령진인이 갑자기 조용한 목소리로 부르자 무당팔검의 일검 현영은 화들짝 놀라 급히 허리를 굽혔다.

"말씀하십시오."

"그를 데려올 수 있느냐?"

밑도 끝도 없이 '그' 라니 현영은 의아한 표정을 지었다.

"누구… 말씀입니까?"

"화용군이라는 아이 말이다."

"아……!"

"당장 데려올 수 있겠느냐?"

현영은 온몸이 돌덩이처럼 경직될 정도로 바짝 긴장했다.

"무엇 때문에 그러십니까?"

원래 현영은 사부 우령진인의 명령에 일체 토를 달기는커녕 무조건 복종하지만 지금은 화용군의 일이기 때문에 그러지 않을 수가 없다.

　현영은 화용군에게 깊이 매료된 상태라서 그가 다치는 것을 원하지 않는다.

　"아니다."

　우령진인은 손을 저었다.

　"그 아이가 어디에 있는지 아느냐?"

　"아, 압니다만……."

　현영은 온몸의 물기가 다 빠져나가서 푸석푸석해지도록 긴장했다.

　우령진인이 벌떡 일어섰다.

　"가자."

　"화 도우에게 말입니까?"

　"그래. 앞장서라."

　"왜 그러십니까?"

　"이놈!"

　우령진인의 나직한 호통에 현영은 찔끔했다.

　현영을 비롯한 무당팔검은 제남에 가서 화용군을 만나고 온 후에 우령진인에게 그에 대해서 하나도 빠뜨리지 않고 다 설명했다.

물론 무당팔검 모두 화용군에게 크게 반했기 때문에 그에게 불리한 말을 했을 리가 없다. 아니, 사실대로 말하면 화용군에게 불리할 말이 없다.

화용군에 대한 설명을 처음부터 끝까지 다 들은 우령진인은 가타부타 아무런 말이 없었다.

그러던 중에 공동파 현광검이 죽었으며, 화산파 전풍자가 찾아와서 한바탕 휘젓고 떠난 후에 느닷없이 화용군에게 가자고 성화를 부리는 것이다.

"어딜 가신다는 말씀도 없었나요?"

조용한 목소리지만 범접하기 어려운 위엄이 서려 있다.

"총단주께서는 개방의 방방이라는 분이 오셔서 함께 나가셨습니다."

"아… 어딜 가신 걸까?"

한련은 천화각 오 층 각주의 넓은 방안 창가에 서서 반쯤 열린 창을 통해서 먹구름이 잔뜩 낀 찌푸린 하늘을 아련하게 바라보았다.

이백여 리 떨어진 곳에 있던 그녀는 화용군이 북경에 왔다는 전갈을 받은 즉시 만사 제쳐두고 한달음에 달려왔는데 그가 아침 댓바람에 방방과 함께 나갔다는 것이다.

천화각주 담광은 한련의 눈치를 살피다가 조심스럽게 입

을 열었다.

"상단주, 하명하실 일이 없으십니까?"

"없어요."

담광이 나간 후에도 한련은 창 앞에서 꼼짝도 하지 않고 오랫동안 서 있었다.

한련은 화용군이 너무도 그립고 보고 싶었다. 용군단 일로 천하를 돌아다니면서도 문득 숨이 끊어질 만큼 그가 보고 싶다는 생각에 눈물을 삼킨 적이 한두 번이 아니었다.

이제 그녀는 편히 쉬고 싶었다. 화용군과 함께 천하를 주유하든가 아니면 아무도 모르는 곳에서 오붓하게 사랑을 속삭이며 편하게 살고 싶은 것이다.

"상단주."

그때 조금 전에 나갔던 담광이 다시 문을 열고 들어와서 문을 닫더니 조심스럽게 아뢰었다.

"총단주를 찾는 손님이 찾아왔습니다."

"용 대가를?"

"그렇습니다."

"뭐라고 하면서 용 대가를 찾던가요?"

"총단주께서 이곳에 와서 자길 찾으면 된다고 말씀하셨다고 합니다."

한련은 잠시 생각하다가 가볍게 고개를 끄떡였다.

"사 층으로 모시도록 해요. 내가 가볼게요."

척—

우령진인과 현영은 실내에 우두커니 서 있다가 문이 열리자 동시에 그쪽을 쳐다보았다.

"……."

순간 두 사람은 눈을 크게 뜨며 적잖이 놀라는 표정을 지었다. 열린 문으로 긴 치마를 입은 절세가인이 들어서고 있었기 때문이다.

두 사람은 이날까지 살면서 눈앞의 여자처럼 절색의 아름다운 여자를 한 번도 본 적이 없었거니와 그런 미녀를 봤다는 사람을 만난 적도 없었다.

절세미녀 한련은 두 사람 앞에 다소곳이 서서 우아한 자태로 고즈넉이 입을 열었다.

"두 분께선 누구시며 무슨 일로 용 대가를 찾으시나요?"

현영이 눈부신 듯한 얼굴로 조심스럽게 물었다.

"소저께선 누구시오?"

"저는 화용군 용 대가의 아내예요."

화용군과 한련은 선대에 정혼을 했으며 얼마 전에는 화용군이 장차 혼인을 하자고 직접 말했었다.

"아……."

크게 놀란 현영은 곧 마음을 가라앉히고 공손한 태도로 우령진인을 소개했다.

"이분은 나의 사부님이시며 무당파의 장로이신 우령진인이시오. 그리고 나는 무당팔검의 현영이오."

한련은 느닷없이 무당파의 장로와 무당팔검 중 한 명이 화용군을 찾아왔다는 사실에 놀랐으나 곧 정색했다.

"두 분께선 용 대가의 친구인가요?"

현영은 슬쩍 우령진인을 쳐다보았으나 그의 엄숙한 표정만 봐서는 뭘 알아낼 수가 없어서 다시 한련을 보며 고개를 끄떡였다.

"그렇소. 나는 화 도우와 친구요."

친구라는 말에 경계하던 한련의 얼굴이 풀렸다.

"용 대가께선 잠시 외출을 하셨으니 앉아서 기다리세요. 제가 모시겠어요."

정오가 다 돼가기에 한련이 광담에게 식사를 준비하라고 이르자 우령진인이 손을 저으며 처음으로 말문을 열었다.

"빈도는 밥을 먹으러 온 게 아니오."

서생 차림의 화용군은 방방과 함께 대풍보주 백무를 만나고 돌아오는 길이다.

백무는 화용군이 북경에 왔다는 말을 능개에게서 전해 들고는 즉시 북경으로 왔다.

제 딴에는 변장을 한다고 장사치로 꾸몄는데 어설프긴 하지만 워낙 뚱뚱한 체구라서 그런대로 어울렸다.

백무가 몇 년 만에 만난 화용군을 부둥켜안고 얼마나 반가워했는지 같이 간 방방이 다 민망할 정도였다.

이즈음의 백무는 하북무림의 칠 할 이상을 장악한 패자(覇者)로 탈바꿈한 상태에다 남천왕이 휘하로 끌어들이려고 호시탐탐 노리고 있는 상황이어서 함부로 얼굴을 드러내고 돌아다니지 못하는 신세였다.

화용군은 백무하고의 얘기가 잘돼서 어젯밤의 좋지 않았던 기분이 말끔하게 가셨다.

백무는 화용군을 위해서라면 무슨 일이라도 마다하지 않겠다고 굳게 약속했다.

"난 자네가 어젯밤에 우리와 헤어지고 나서 곧바로 남천왕부에 잠입할 줄은 몰랐네."

거리를 나란히 걸으면서 방방이 염려스럽게 말했다.

"아마도 남천왕부에서는 공동파 현광검을 죽인 사람이 탈명야차일 것이라고 짐작할 거야."

화용군은 어젯밤의 일이 생각나서 굳은 얼굴로 정면만 주시하면서 걸었다.

"총방교께서 자넬 돕기로 했으니까 남천왕부에 있는 감태정의 동태는 우리에게 맡기게."

화용군은 뜻밖이라는 표정을 지었다.

"남천왕부를 감시해 주겠다는 건가?"

"그래. 감태정이 남천왕부 밖으로 나오면 즉시 자네에게 알려주겠네."

"고맙네."

화용군에게는 남천왕은 가문을 멸문시킨 철천지원수고 감태정은 가족의 원수다.

혈혈단신이었던 화용군이 가족처럼 여겼던 가까운 사람을 거의 모두 감태정이 죽였다.

그러므로 화용군은 그들 두 명과 같은 하늘을 머리에 이고 산다는 자체가 견딜 수 없는 역겨움이다.

"그나저나 자네가 현광검을 죽일 정도의 절정고수였다니 정말 뜻밖이네."

방방이 감탄하듯이 화용군을 보면서 말할 때 마침 방방 옆을 지나치던 두 명의 경장 고수가 그 말을 듣고는 움찔하면서 쳐다보았다.

그런데 방방은 화용군을 쳐다보느라 그것도 모르고 하던 말을 계속했다.

"자네 현광검하고 팽팽하게 싸우다가 죽인 건가?"

지나치던 두 명이 움찔 놀라며 화용군과 방방 쪽으로 몸을 돌리면서 손을 어깨의 검으로 가져갔다.

슷—

대답을 기다리던 방방은 화용군이 갑자기 뒤로 미끄러지면서 시야에서 사라지자 멍한 표정을 지었다.

화용군이 갑자기 돌아서자 뒤에서 바싹 따라붙으며 어깨의 검을 뽑으려던 두 명의 경장 고수가 멈칫했다.

거리는 불과 반 장 남짓, 화용군이 마치 '꺼져라'고 하는 식으로 오른손을 슬쩍 저었다.

푸푹—

"큭……."

"끅."

순간 화용군의 오른손에서 야차도가 섬전처럼 뿜어져서 두 경장 고수의 목을 관통하고는 언제 그랬느냐는 듯 다시 소매 속으로 감쪽같이 사라졌다.

갑자기 뒤쪽에서 둔탁한 음향과 답답한 신음 소리가 터지자 방방은 급히 뒤돌아보다가 두 명의 경장 사내가 이쪽을 보고 우두커니 서 있는 모습을 보고 흠칫 놀랐다.

그리고 그 두 명의 경장 사내 목에서 꿀럭꿀럭 핏물이 쏟아지고 있으며 그들의 얼굴에 경악이 가득 떠올라 있는 것을 발견했다.

슥—

그때 등을 보이고 있던 화용군이 재빨리, 그러나 태연하게 돌아서면서 방방의 팔을 잡고 가던 방향으로 빠르게 걸어가며 인파 속으로 스며들었다.

[뒤돌아보지 말게.]

방방은 방금 전의 그 두 명을 죽인 사람이 화용군이었을 거라고 짐작했다.

그런데 왜 갑자기 길을 가던 사람을 둘씩이나 죽였는지 모를 일이다.

"아앗! 사람이 죽었다!"

"꺄아악!"

화용군과 방방 뒤쪽이 시끄러워졌다. 야차도에 목이 뚫린 두 경장 고수가 쓰러졌고, 그것 때문에 행인들이 기겁해서 비명을 지른 것이다.

"모두들 그 자리에 꼼짝 마라! 움직이는 놈은 가차 없이 죽이겠다!"

"샅샅이 뒤져라!"

방금 전에 화용군이 죽인 두 명은 남천왕부 소속이든가 그쪽의 일을 하는 놈들이 분명하다. 그리고 지금 악쓰고 있는 자들은 근처에 있던 동료인 것 같다.

"거기 가는 두 놈! 꼼짝 말라는 말 안 들리느냐?"

화용군은 뒤쪽에서 그런 카랑카랑한 외침을 들었지만 조

금 더 빨리 걸어갔다.

'거기 두 놈'이 화용군과 방방을 가리키는 것일 수도 있고 아닐 수도 있다.

지금 화용군이 할 수 있는 일은 시치미 뚝 떼고 최대한 빨리 걸어서 이곳을 벗어나는 것이다.

경공을 전개하는 것은 '내가 흉수다'라고 자백하는 것이나 다름이 없는 일이다.

화용군 혼자면 모르겠는데 방방까지 있으니까 경공을 전개하는 것은 위험한 일이다.

방방은 화용군에게 팔이 붙잡혀 종종걸음으로 걷는 도중에 어째서 이런 사달이 벌어졌는지를 깨달았다.

그가 조금 전에 화용군에게 '현광검'에 대해서 불쑥 물어보고 있는 와중에 이런 일이 벌어졌으니까, 필경 조금 전에 죽은 두 명의 경장 고수가 지나다가 그 말을 듣고 어떤 반응을 보인 것이 분명하다.

'이놈의 주둥이가 화근이야… 확 그냥 인두로 지져 버리든가 해야지……'

방방은 화용군에게 끌려가듯이 걸으면서 주먹으로 제 입을 두드렸다.

[흩어지자.]

사거리에서 화용군은 짧게 전음을 보내고는 방방의 팔을

놓고 방향을 꺾어 왼쪽 길로 향했다.

거리에는 사람이 많았지만 절반 이상은 그 자리에 멈춰 있으며, 더러는 우왕좌왕하고, 몇 명은 제 갈 길로 걸어가고 있었다. 그러니까 멈추라는 외침에도 멈추지 않은 사람이 대여섯 명은 있었다.

"저 두 놈을 잡아라!"

"거기 키 큰 놈하고 땅딸보! 멈춰라!"

이 정도 되면 화용군과 방방을 가리키는 게 분명한데도 두 사람은 모르는 체하며 서로 갈라져서 걸어갔다.

화용군은 일부러 방방과 흩어졌다. 일이 불리하게 될 경우에 화용군은 경공을 전개하여 이곳을 빠져나갈 수 있고, 방방은 붙잡힌 상황에서 자신은 개방 제자이며 화용군은 전혀 모르는 사람이고 우연히 같은 방향으로 걸어가는 것이었다고 딱 잡아뗄 수 있기 때문이다.

스사삿—

"멈추라는 말 못 들었느냐?"

화용군은 자신에게 몇 명이 달려오는 소리를 듣고 즉시 허공으로 신형을 솟구쳤다.

휘익—

"으헛! 놈이 도주한다!"

"잡아라! 동쪽이다!"

삐이이익—

화용군이 단번에 오 장이나 솟구쳤다가 대로변의 건물 지붕을 연이어 밟으면서 멀어지는 것을 보며 경장 고수들이 호각을 불면서 고함을 질렀다.

짧은 시간에 수십 명의 경장 고수가 화용군을 추격했으나 이미 그의 모습은 보이지 않았다.

그 혼란을 틈타서 방방은 인파 속으로 스며들었다가 골목 안으로 유유히 사라졌다.

이각 후에 화용군은 천화각 후원 쪽의 문으로 느긋하게 걸어 들어갔다.

천화각까지 오는 데 이각이나 걸린 이유는 추격이 있을지도 모르기 때문에 이곳으로 곧장 오지 않고 성내를 빙빙 돌았기 때문이다.

그는 뒷문을 통해서 건물로 들어가 태연히 계단을 걸어서 올라갔다.

바깥에서 오 층 창문으로 날아서 들어갈 수도 있지만, 그럴 경우 남의 눈에 띌 수도 있다.

거리에 혼자 남겨두고 온 방방이 걱정되긴 했으나 화용군으로서는 어떻게 손을 쓸 방법이 없었다.

괜히 대로상에서 싸움을 벌이거나 방방을 데리고 경공을

전개했을 경우 절정고수의 추격을 받으면 골치 아픈 일만 벌어질 것이다.

북경 성내가 저렇게 삼엄한 이유는 어젯밤 화용군이 남천왕부에 잠입했다가 소란을 피우고 이후에 현광검을 죽인 것 때문이 분명하다.

남천왕을 너무 과소평가했다. 남천왕은 황궁뿐만 아니라 구대문파 중에서 오대문파와 결탁했고, 그 밖에도 무림의 다수 방, 문파를 휘하에 두었으니 그 세력이 천하최강이라고 해도 지나친 말이 아닐 것이다.

화용군은 무거운 마음을 떨치지 못하고 일체의 기척도 없이 계단을 올라갔다.

가끔 마주치는 천화각 사람들은 그에게 공손히 인사할 뿐 아무도 막지 않았다.

주루 각층은 손님들로 붐볐으나 그건 삼 층까지다. 평소에 최고급 사 층은 손님을 거의 받지 않으며 오 층은 천화각주의 거처라서 아무도 올라오지 않는다.

사 층에서 막 오 층으로 올라가려던 그는 멀지 않은 곳에서 들려오는 누군가의 말소리를 들었다. 그리고 그 목소리에서 한련과 현영을 찾아냈다.

천화각 사 층에서 가장 큰 객방 안 탁자에 한련과 우령진인이 마주 앉아서 차를 마시면서 담소를 나누고 있으며, 우령진인 뒤에 현영이 서 있다.

척!

갑자기 문이 열리자 실내의 사람들은 일제히 문 쪽을 쳐다보다가 문 밖에 우뚝 서 있는 화용군을 발견했다.

"아! 용 대가!"

"화 도우!"

화용군은 엷은 미소를 지으며 들어왔다.

"련아, 현 형."

한련은 안길 듯이 화용군에게 가까이 다가와 반가운 표정을 짓는데 금세 눈이 촉촉해졌다.

그렇지만 외부인들이 있기 때문에 하고 싶은 말을 꾹 참고 그를 바라보면서 표정과 눈빛으로만 그리운 마음을 전했다.

현영이 공손히 우령진인을 소개했다.

"화 도우, 사부님이시오."

화용군은 포권을 하고 허리를 깊숙이 굽혔다.

"화용군입니다."

사부 구주검협 단운택은 무당파의 수만 명이나 되는 속가 제자 중에 한 명으로서 무당파에겐 잊힌 존재였다.

그렇지만 단운택이 곁가지든 껍데기든 따지고 보면 화용군의 뿌리는 무당파이기에 무당파 장로에게 제자로서의 예의를 갖추는 것이다.

우령진인은 가타부타 아무런 말 없이 물끄러미 화용군을 주시했다.

무당파의 명숙(名宿)들은 깊은 경륜과 관상에도 도통하기 때문에 아마도 화용군의 사람됨을 살펴보는 것이리라.

허리를 편 화용군은 주눅 드는 것 없이, 그렇다고 오만하지도 않게 어깨를 활짝 펴고 당당한 자세로 우령진인 앞에 서서 그를 마주 쳐다보았다.

"흠……."

이윽고 우령진인이 낮은 소리를 내면서 뒷짐을 졌다.

"너는 나를 누구라고 생각하느냐?"

화용군으로서는 전혀 예상하지 않았던 뜬금없는 물음이다. 게다가 거침없는 하대다. 그것은 우령진인이 화용군을 아랫사람으로 여긴다는 뜻이다.

화용군은 흔들림 없이 조용히 대답했다.

"사백님이십니다."

우령진인 옆에 서 있는 현영은 환하게 미소 지으며 '옳거니' 하는 표정을 지었다.

"말은 잘하는구나."

우령진인은 말은 그렇게 하지만 언짢은 표정은 아니다.

한련이 우아한 동작으로 문을 가리키며 미소 지었다.

"사백님, 위층으로 오르시지요."

우령진인은 한련까지 자신을 '사백' 이라고 하자 입가에 잔잔한 미소가 떠오르더니 금세 짐짓 엄한 얼굴로 화용군에게 말했다.

"너를 만나면 따끔하게 혼을 내려고 했거늘 네 처를 봐서 참겠다."

'처' 라는 말에 화용군은 한련을 쳐다보았다. 그와 눈이 마주친 한련은 얼굴을 발그레 붉히면서 사르르 고개를 숙이더니 그의 손을 잡고 문으로 이끌었다.

"용 대가도 어서 가요."

화용군과 한련, 우령진인, 현영 네 사람은 탁자에 둘러앉아서 늦은 점심 식사를 겸해 술을 마시며 대화를 나누었다.

"무당파는 너의 개인적인 복수에 관여하지 않겠다."

"사부님."

우령진인의 느닷없는 선언에 현영이 깜짝 놀라며 울상을 지었다.

"화 도우의 원수는 남천왕과 감태정입니다. 화 도우 혼자 복수를 하는 것이 가능하다고 보십니까?"

"현영아."

"네, 사부님."

우령진인은 화용군을 바라보며 조용하게 말했다.

"용군은 나를 사백이라고 부른다. 그렇다면 너희 두 사람은 무슨 관계냐?"

화용군과 현영은 크게 깨닫는 표정으로 서로를 쳐다보았다. 그러더니 곧 화용군이 먼저 현영을 향해 정중히 포권을 하며 고개를 숙였다.

"현영 사형."

현영은 감격한 얼굴에 흥분을 감추지 못하고 마주 포권을 했다.

"용군 사제."

사형제지간의 서열을 바로잡아 놓고서 우령진인이 조금 전에 말했던 내용을 다시 얘기했다.

"무당파는 속가제자의 원한에 관여해서는 안 된다는 규칙이 정해져 있다."

화용군은 공손히 고개를 숙였다.

"알겠습니다."

그는 우령진인을 원망하지 않았다. 그의 말이 옳기 때문이다. 오히려 그가 수양이 깊으며 인자하면서도 위엄 있는 성격이라는 사실이 마음에 들었다.

그리고 화용군은 그가 자신을 무당파 제자로 받아들여 준 것에 깊은 고마움을 느꼈다.

뿌리 없이 떠돌던 부평초 같은 신세가 이제야 가족을 찾은 것 같은 기분이다.

사실 우령진인이나 무당파가 복수를 도와주는 일은 애초부터 기대도 하지 않았으니까 실망도 하지 않았다.

"그렇지만 대명제국의 다음 대 황제로 포악하고 간교한 남천왕이 등극하는 것에 대해서는 장문사형과 진지하게 의논을 해봐야 할 일이다."

"아⋯⋯."

우령진인은 현영의 기대 어린 표정을 무시하고 말을 이었다.

"남천왕이 황위에 오르면 천하가 도탄에 빠질 것은 자명할 터이니, 장문사형이나 나는 그것을 그냥 두고 볼 수만은 없을 것 같구나."

화용군은 반신반의하는 얼굴로 우령진인을 쳐다보았다.

"구대문파가 두 개의 파로 갈라져서 반목하는 일은 원하지 않지만 천하대사가 이 지경에 이르렀으니 이 일을 장문사형은 물론이고 소림사나 아미파, 곤륜파하고도 진지하게 의논을 해봐야 할 것이야."

화용군은 크게 반가운 표정으로 우령진인을 바라보았다.

방금 우령진인의 말은 남천왕이 대명제국의 황제로 등극하는 것을 반대한다는 의미이기 때문이다.

우령진인은 화용군이 동명왕을 크게 지지하면서 최측근에서 모시고 있으며, 또 천보공주와 혼인할 사이라는 등의 설명을 현영에게 들었을 것이다.

그러므로 우령진인이 남천왕의 반대편에 서겠다는 것은 동명왕을 돕겠다는 의미로 해석할 수도 있다.

"빠른 시기에 동명왕 전하를 뵙게 해줄 수 있겠느냐?"

과연 우령진인은 화용군에게 본론을 얘기했다.

"동명왕 전하를 뵙고 나서 장문사형과 소림사 등과 상의를 하는 게 순서일 것 같다."

"알겠습니다. 오늘 중으로 답을 드리겠습니다."

우령진인은 고개를 끄떡였다.

"우리는 더 이상 북경에 머물 이유가 없으므로 이곳을 떠나도록 하겠다. 그러니까 무당파로 돌아가는 길에 동명왕 전하를 뵈었으면 한다."

구대문파에서는 탈명야차가 무림에 평지풍파를 일으키고 있는 것 때문에 장로급 이하 고수들을 파견했었다. 그러나 무당팔검이 탈명야차 화용군과 동명왕을 직접 만남으로써 오해가 다 풀렸으니 각 파로 복귀한다는 것이다.

우령진인이 소림사나 아미파, 곤륜파 장로들에게 화용군에 대해서 설명을 다 했으며 그들은 우령진인의 말을 진실로 받아들였다.

"사백님."

화용군의 표정이 조금 더 진지해졌다.

"북경에 온 소림사와 아미파, 곤륜파의 수장들은 어떤 분들입니까?"

"그들은 하나같이 자파의 장로들로서 나하고는 각별한 친분을 맺고 있다."

"그분들이 남천왕의 회유에도 움직이지 않은 이유는 사백님과 같습니까?"

우령진인은 크게 고개를 끄떡였다.

"물론이다. 그들이 나와 각별한 친구가 될 수 있었던 이유는 매사에 공명정대할뿐더러 불의를 용서하지 못하는 의협심 때문이다."

우령진인은 조금 의아한 표정을 지었다.

"그런데 그건 왜 묻는 것이냐?"

"사백님과 그분들이 동명왕 전하를 함께 알현하시는 게 어떨까 합니다만."

"오……."

우령진인은 격절탄상했다.

"그거 좋은 생각이구나."

화용군은 공손히 고개를 숙였다.

"제가 동명왕 전하께 연락해서 장소를 잡겠습니다."

탈명야차 때문에 북경에 모였던 구대문파 중에서 화산파와 청성파, 공동파, 점창파, 종남파는 남천왕부에 머물고 나머지 무당파와 소림사, 아미파, 곤륜파는 자파에 복귀하기 위해서 북경을 떠났다.

　남천왕이 보낸 네 명의 사자(使者)가 무당파 등을 쫓아와서 마지막까지 여러 방법으로 그들을 회유하고 강압하기도 했지만 뿌리치고 자파가 있는 서쪽으로 서둘러 떠났다.

제59장

다처(多妻)

　화용군은 우령진인과 헤어진 날 거처를 천화각에서 한련
의 개인 장원으로 옮겼다.

　북경 외성의 조용한 거리에 위치한 장원은 한련이 북경에
있을 때 가끔 머무는 곳이었다.

　화용군은 남천왕부에 잠입했던 일과 거리에서 두 명의 경
장 고수를 죽인 일 때문에 북경 성내가 한창 시끄럽기 때문에
당분간 장원에서 칩거하고 있을 생각이다.

　다섯 채의 전각으로 이루어진 아담한 장원에는 요리와 심
부름, 청소 따위를 하는 최소한의 하녀들만 있었다.

순전히 변장 때문에 예전에 비해서 수염을 조금 더 덥수룩하게 기른 화용군과 선녀 같은 옷차림에 긴 치마를 입은 한련은 나란히 다정하게 뜰을 거닐었다.

　석양 무렵이었으므로 뜰은 밝지도 어둡지도 않은 어스름함이 부윰하게 떠다니고 있었다.

　한련은 사랑하는 화용군과 이처럼 다정하게 뜰을 산책하는 것이 꿈인지 생시인지 모를 정도로 크게 흥분하여 구름 위를 걷는 느낌이었다.

　하지만 한련의 그런 마음과는 달리 화용군은 이 기회에 한련에게 천보에 대해서 고백해야겠다고 결심했다.

　그렇지만 혼인을 약속한 여자에게 다른 여자와 동침했으며 그녀와 혼인하기로 했다는 말을 한다는 것이 결코 쉬운 일이 아니다.

　그러나 언젠가는 반드시 그 말을 해야만 하고 그때가 바로 지금이라고 생각했다.

　"련아."

　"네."

　"너에게 할 말이 있다."

　한련은 깜짝 놀랐다. 이런 분위기에서 화용군이 할 말이라면 혼인에 관한 것이라고 짐작한 것이다.

　"말씀하세요."

그녀는 가슴이 참새처럼 콩닥거려서 그 소리가 화용군에게 들릴까 봐 염려가 될 정도다.

"나한테 여자가 있다."

"……."

화용군이 단도직입적으로 하는 말을 한련은 순간적으로 알아듣지 못했다.

그가 말한 여자가 한련 자신을 가리키는 건지 아니면 전혀 다른 여자인지 갈피를 잡을 수가 없다.

화용군은 상대가 듣기 좋게 달콤한 말을 하는 건 원래 소질이 없는 편이다. 설혹 그런 재주가 있더라도 엎어치나 메치나 마찬가지인 사실을 감언이설로 포장하고 싶은 생각은 추호도 없다.

"천보라는 여자다."

한련은 화용군에 대해서는 그가 말해준 것 말고는 아무것도 모른다.

어느 누구에게도 그를 감시하거나 그에 대해서 조사하라고 지시하지 않았기 때문이다.

그렇지만 '천보'라는 이름은 알고 있다. 한련의 기억이 틀림없다면 천보는 동명왕의 딸이다.

그리고 화용군은 유배당한 동명왕 일가를 구했으며 그들에게 큰 힘이 돼주고 있다. 그 사실은 화용군이 직접 한련에게 말해주었다.

그런데 지금 화용군이 그 동명왕의 딸인 천보공주가 자신의 여자라고 말한 것이다.

"련아."

화용군의 목소리가 마치 하늘 꼭대기에서 들리는 것처럼 아련했다.

멈춰선 화용군은 한련이 제정신이 아닌 것처럼 비틀거리면서 계속 걸어가고 있는 뒷모습을 보면서, 한련이 얼마나 충격을 받았으면 저럴까라는 생각이 들어서 가슴이 짓이겨지는 것만 같았다.

그런데 걸어가던 한련의 봄이 스르르 앞으로 고꾸라지듯이 엎어지는 걸 보고 화용군이 번개같이 쏘아갔다.

척!

그는 한련의 얼굴이 땅에 닿기 직전에 그녀를 두 팔로 안아 들었다.

"련아……."

그의 두 팔에 안겨서 축 늘어진 한련의 얼굴은 핏기 한 점 없이 창백했다.

그녀의 그런 모습을 보니까 화용군은 자신이 얼마나 몹쓸 짓을 했는지 실감이 났다.

"용서해라. 미안하구나……."

창백한 한련의 두 눈에서 샘물처럼 눈물이 펑펑 쏟아졌다.

"그런 말씀 말아요……."

화용군에게 안겨서 그녀는 눈을 꼭 감고 비에 흠뻑 젖은 한 마리 새처럼 바들바들 떨었다.

"당신은 소녀에게 넘치도록 잘해주셨어요… 그것만으로도 충분해요……."

그러면서도 그녀의 창백한 얼굴과 떨리는 몸은 그게 아니라고 항변하고 있다.

"련아."

"네……."

"염치없는 말인지 알지만… 부디 천보를 받아들여다오."

"……."

한련은 움찔 놀라서 눈물이 가득 담긴 눈을 동그랗게 뜨고 화용군을 바라보았다. 하지만 눈물 때문에 그의 모습이 보이지 않았다.

"무슨… 말씀인가요?"

"네가 천보를 받아주었으면 한다."

"소녀가……."

화용군은 그녀의 온몸이 단단하게 경직되는 것을 느꼈다.

"소녀를 버리시는 게 아닌가요……?"

"널 버리다니, 천벌 받을 소리다."

"아이… 소녀를 버리시겠나는 뜻으로 오해했어요."

"뭐라고? 그런 어이없는……."

화용군은 풀잎처럼 가벼운 한련을 안고 깊은 눈빛으로 그녀를 굽어보았다.

"내가 죽는다고 해도 널 저승에 데려갈 거야."

"흐윽!"

한련은 얼굴을 화용군 가슴에 묻으며 흐느꼈다.

"소녀는 그것도 모르고……."

"그럼 천보를 받아주는 것이냐?"

"물론이에요."

"고맙다."

화용군은 작고 가녀린 그녀를 가슴에 깊이 꼭 안고 그녀와 천보에게 다시는 이런 아픔을 주지 말아야겠다고 다짐했다.

화용군은 오늘 밤에 한련과 합방하기로 마음먹고 잠자리에 들기 전에 술상을 봐 오게 했다.

"같이 마시자."

두 사람은 탁자에 마주 보고 앉아서 오붓하게 시간 가는 줄 모르고 술을 마셨다.

화용군이 석 잔 마시면 술을 잘 못 마시는 한련은 한 잔 마시는 정도지만, 화용군이 워낙 많이 마시니까 어느덧 그녀도 취하게 됐다.

머리카락을 틀어 올리고, 귀밑머리를 길게 늘어뜨린 그녀의 얼굴이 잘 익은 사과처럼 반ㄱ레했다.

더구나 술에 젖어서 촉촉하고 새빨간 입술이 여간 매혹적인 게 아니다.

"이리 와라."

화용군이 술 한 잔을 비우고 나서 말하자 한련은 깜짝 놀랐다가 조심스럽게 일어나 주춤거리며 그의 앞으로 다가와서 다소곳이 섰다.

슥―

화용군은 그녀를 번쩍 안아서 자신의 무릎에 앉혔다.

"아……."

그녀는 깜짝 놀랐으나 반항하지 않고 그의 손이 이끄는 대로 그의 한쪽 어깨에 고개를 대고 비스듬히 기대앉았다.

그는 천천히 고개를 숙여 그녀의 입술로 입을 가져갔다.

그녀는 잔뜩 긴장한 표정으로 눈을 동그랗게 뜨고 몸을 장작처럼 경직시켰다.

슥―

이윽고 화용군의 두툼한 입술이 그녀의 작고 촉촉한 입술을 덮었다.

"으음……."

그녀가 몸을 부르르 떨었다. 그러고는 단단하게 경직됐던 몸에서 점점 힘이 빠지더니 축 늘어졌다.

화용군의 긴 입맞춤에 한련은 몸이 다 녹아버리는 것만 같고 정신이 반쯤은 달아나 버린 것 같았다.

입맞춤 후에 화용군은 한련을 번쩍 가볍게 안고는 성큼성큼 침상으로 걸어갔다.

"아아……."

한련은 두려움과 기대가 교차하는 초조한 심정으로 눈을 꼭 감고 그가 하는 대로 몸을 맡겼다.

화용군은 한련과 함께 그녀의 장원 소요원(逍遙院)에 칩거한 채 며칠이 지났다.

남천왕부 소속의 고수들과 관병들은 북경 성내의 모든 집을 한 채도 빠짐없이 조사했다. 즉, 가택 조사다.

물론 화용군과 한련이 있는 소요원에도 남천왕부 고수들과 관병들이 각각 한 차례씩 두 번 찾아왔었다.

화용군과 한련은 부부로 행세했으며 워낙 자연스러워서 남천왕부 사람들은 추호도 의심하지 않았다.

더구나 남천왕부 사람들은 흉수가 누구인지 모르는 상황에서 막연하게 수상한 인물을 찾고 있는 것이므로 젊은 부부인 화용군과 한련을 의심할 리가 없다.

화용군과 한련은 겉으로만 부부처럼 행세한 게 아니라 실제로도 여느 부부처럼 생활했다.

화용군이 하루에 한 번 운공조식을 하고 무공수련을 하는 시간을 제외하고는 두 사람은 하루 종일 떨어지지 않고 붙어 지냈다.

한련은 생애 최고의 시간을 보내고 있는 중이다. 그녀는 지금 이대로 죽어도 여한이 없을 만큼 행복했다.

자신의 감정을 표현하는 것에 서툰 화용군이지만 언제 어디서나 진심은 통하는 법이다.

그의 부드러운 눈빛과 과묵함을 깨고 이따금 흘러나오는 다정한 말은 한련을 행복의 바다에서 허우적거리게 만들기에 충분했다.

밤에 두 사람은 침상에서 낮에 다하지 못한 사랑의 말을 뜨겁게 몸으로 나누었다.

한련은 하룻밤에도 몇 번이나 황홀경에 빠졌는데 그녀의 표현을 빌리자면 하룻밤에 몇 번이나 '죽어서 저승에 다녀왔다'는 것이다.

화용군으로서는 한련과 혼인하기로 약속을 해놓고서 그녀보다 먼저 천보와 한 몸이 됐기 때문에 크게 미안한 마음이 앞섰었다.

그러나 한련과 한 몸처럼 붙어서 생활을 하고 또 밤에 뜨거운 사랑을 나누다 보니까 그녀가 얼마나 사랑스러운 여자인지 새삼스럽게 깨달았다.

화용군은 야차도의 마성(魔性)이 발작하여 그것을 해소하느라 천보를 겁탈하다시피 순결을 범했었으나 한련은 온전한 정신에서 정사를 했다.

"하아아… 아아… 소녀는 세상에 이런 것이 존재하는지도 모르고 살았어요."

한 차례 폭풍 같은 합체가 끝난 후에 전라의 한련은 화용군의 커다랗고 무거운 몸 아래에 누워서 땀에 흠뻑 젖어 가쁜 숨을 몰아쉬면서 할딱거렸다.

"이런 거라니 뭐가 말이냐?"

화용군은 다 알면서도 짐짓 모르는 체하고 그녀의 얼굴에 달라붙은 젖은 머리카락을 쓸어 올려주며 물었다.

한련은 사르르 얼굴을 붉혔다. 그녀는 자신의 말을 화용군이 알아듣지 못한다고 생각하여 재차 설명했다.

"지금 우리가 하고 있는 것 말이에요."

"음, 이러는 게 힘든 것이냐?"

화용군은 아직 그녀의 몸속에 있는 남성을 한 번 가볍게 불끈거렸다.

"앗!"

순진한 한련은 깜짝 놀라서 얼굴을 붉히면서도 자신의 말을 이해시켜야 한다는 사명감에 불타올랐다.

　"전혀 힘들지 않아요. 소녀의 밀은 이런 행위가 도저히 말로는 표현할 수 없을 만큼 황홀한데 소녀는 지금껏 이런 것이 있는지도 까맣게 모르고 살았다는 거예요."

　"그래서 좋으냐?"

　"네……."

　순진하기 짝이 없는 그녀는 응구첩대(應口輒對) 화용군이 묻는 대로 다 대답했다.

　"그럼 한 번 더 할까?"

　그녀는 화용군의 엉덩이를 잡고 있는 두 손을 부드럽게 쓰다듬으며 걱정스러운 표정을 지었다.

　"힘들지 않으세요?"

　싫지 않다는 뜻이다. 아니, 더 하기를 원한다는 뜻이다.

　그가 천천히 허리를 움직이자 한련의 몸이 경직됐다.

　"힘들기는."

　"아아……."

　한련은 두 손으로 그의 엉덩이를 힘껏 잡으면서 자지러졌다.

　그녀는 화용군으로 인해서 정사를 생애 최초로 하게 되었고 그에 따른 절정의 쾌감으로 극락세계에 간 것 같은 착각에 빠졌었다.

하지만 그보다 더 좋은 것은 자신이 화용군과 하나가 됐다는 일체감이다.

정사라는 행위는 단순하게 손을 잡거나 입맞춤을 하는 것과는 근본적으로 달랐다.

단지 사랑하는 사람의 몸의 일부가 자신의 몸으로 들어온 것뿐인데도 그것이 영혼으로 이어진 듯한 강렬한 느낌이 들었다.

그게 정말 좋았다. 그러는 동안만큼은 두 사람을 하늘도 갈라놓지 못할 것 같다는 믿음이 들었다. 그 믿음의 바탕 위에 쾌락은 덤으로 주어지는 것이었다.

"주군."

그런데 그때 문 밖에서 조용한 목소리가 들려서 화용군은 가볍게 놀라며 움직임을 멈췄다.

목소리의 주인은 반옥정이 분명했다. 제남에 누워 있어야 할 그녀의 목소리가 방금 방문 밖에서 들린 것이다.

"주군, 옥정입니다."

그는 반옥정이 여기까지 온 것으로 미루어 뭔가 큰일이 났을지도 모른다는 생각이 들어 한련에게서 몸을 일으켜 앉으면서 말했다.

"들어와라."

척—

곧 문이 열리고 어둠 속에서 한 사람이 불쑥 들어와 침상으로 발소리도 없이 걸어오는데 빈옥정이 분명하다.

반옥정은 침상 휘장 밖에서 공손히 허리를 굽히면서 화용군에게 인사를 했다.

"그동안 무고하셨습니까?"

"그래. 몸은 괜찮으냐?"

매미 날개보다 얇은 휘장이 쳐져 있으며 캄캄한 상황이지만 반옥정의 눈에는 침상에 벌거벗은 몸으로 책상다리를 하고 앉아 있는 화용군이나 그 뒤쪽에 이불로 벗은 몸을 가리고 있는 한련의 모습이 훤히 보였다.

반옥정은 화용군의 벗은 몸을 한두 번 본 것이 아니므로 쑥스러워하지 않았다.

두 사람은 정사만 하지 않았다뿐이지 남녀가 행할 수 있는 모든 일을 같이했었다.

그녀는 불쑥 나타난 자신에게 화용군이 무슨 일이냐고 묻기보다 몸을 걱정해 주는 것이 고마웠다.

"이제 다 나았습니다."

"여긴 어떻게 알았느냐?"

"주군 계신 곳을 무정루주가 가르쳐 주었습니다."

"음, 그렇구나."

화용군은 고개를 끄떡였다. 반옥정이 몸이 다 나아서 자길 찾아온 것이라고 생각했다.

"공주님을 모시고 왔습니다."

"응?"

그런데 반옥정의 뜬금없는 말에 화용군은 어리둥절한 표정을 지었다.

"공주라니?"

"천보공주께서 무정루에 찾아오셔서 주군께 데려다달라고 말씀하셨습니다."

"그래?"

느긋하던 화용군의 마음이 비로소 급해졌다. 그는 침상에서 내려오며 물었다.

"천보는 어디에 있느냐?"

"바깥 정원에 계십니다."

"왜 밖에 세워두었느냐?"

화용군은 반옥정을 꾸짖다가 그녀가 아무 말도 하지 않고 묵묵히 서 있는 걸 보고는 번뜩 깨달아지는 것이 있다. 자신이 이미 한 시진 전부터 한련과 사랑을 나누고 있었기 때문에 천보가 들어올 수 없었던 것이다.

그렇다는 것은 천보가 한 시진 동안 정원에 서서 기다렸다는 얘기다.

"너는……."

화용군은 어째서 전음으로라도 알려주지 않았느냐고 반옥
정을 꾸짖으려다가 그만두었다.

반옥정으로서는 잘못한 것이 전혀 없다. 그녀는 화용군과
한련의 정사가 끝나기를 기다렸던 것이다. 중간에 끊을 수가
없었던 것이다.

화용군은 부랴부랴 옷을 입고 휘장 밖으로 달려 나갔다.

"옥정, 너는 련아와 같이 나와라."

한련은 침상에서 내려와 조심스럽게 옷을 입었고, 반옥정
은 물끄러미 그 모습을 지켜보았다.

반옥정은 조금 전까지 주군과 질펀하게 사랑을 나누었던
여자가 눈부신 나신을 한 겹 옷으로 두르는 모습을 지켜보며
묘한 기분에 사로잡혔다.

반옥정이 목숨을 바쳐서 존경하고 또 사모하고 있는 주군
화용군이 사랑하는 여자가 바로 한련이다.

그러므로 반옥정이 앞으로 죽을 때까지 받들어 모셔야 할
주모(主母)인 것이다.

사륵―

한련은 휘장을 걷고 밖으로 나와 반옥정을 바라보았다.

"그대는 누구죠?"

"저는 주군의 수하입니다."

반옥정이 정중하게 대답하자 한린은 상큼한 미소를 지었
다.

"반가워요, 나는 한린이에요. 우린 초면이죠?"

한린은 반옥정의 존재에 대해서는 알고 있었지만 중상을
입은 그녀가 치료 때문에 구주무관에 머물고 있어서 한 번도
만나지 못했었다.

"그렇습니다만 주모에 대해서는 잘 알고 있습니다."

'주모'라는 호칭에 한린은 흐뭇한 기분이 들었다.

휘익—

화용군은 한달음에 대전 밖으로 달려 나갔다. 저만치 정원
에 으스름 달빛을 받으며 눈에 익은 여자의 늘씬한 뒷모습이
보였다.

"천보."

그가 부르면서 달려가자 꽃구경을 하고 있던 천보는 빙글
몸을 돌렸다.

그녀가 돌아서자마자 화용군이 그녀를 덥석 안았다.

가녀리고 늘씬한 여체가 크고 단단한 사내의 품속에 부러
질 듯이 안겨들었다.

"아……."

천보는 단지 화용군 품에 안기는 것만으로 뼈가 녹는 듯한

안도감과 행복을 느꼈다.

"무슨 일이 있는 거야? 여긴 어쩐 일이지?"

화용군은 동명왕과 함께 총단선을 타고 무당파를 비롯한 사대문파 장로들을 만나러 가고 있어야 할 천보가 이곳으로 온 이유가 무엇인지 궁금했다. 혹시 나쁜 일일지도 모른다는 생각에 불안감이 생기기도 했다.

"당신이 보고 싶어서 견딜 수가 없었어요."

"그것뿐이야?"

천보는 그의 가슴에 얼굴을 묻고 두 팔로 힘껏 그의 허리를 끌어안고는 작게 몸부림쳤다.

"그것뿐이라뇨? 그게 얼마나 중요한데……."

한 사내를 사랑하게 된 여자, 그 사내에게 몸과 마음을 다 주고 그의 말 한마디에 일희일비하게 된 여자에게 그 사내를 보고 싶은 것보다 더 중요한 일이 어디에 있겠는가.

화용군은 일단 동명왕이나 천보에게 별일이 없다는 사실에 안도했다.

그리고 단지 보고 싶어서 견딜 수가 없어서 찾아왔다는 말에 그녀가 더없이 사랑스러웠다.

"운공 중이었나요?"

천보는 반옥정이 밖에서 기다려야 한다는 말에 화용군이 운공조식을 하고 있기 때문이라고 짐작했었다.

그가 한련과 사랑을 나누고 있었을 것이라는 상상은 꿈에
도 하지 못했다.

천보를 만났다는 기쁨도 잠시다. 화용군은 천보와 한련의
첫 만남 때문에 난감해졌다.

두 여자는 서로의 존재에 대해서 비슷하게 알고 있었다. 한
련은 화용군이 동명왕을 돕고 있으며 천보하고도 친분이 있
는 정도로 알고 있었으며, 천보 역시 화용군이 총단주로 있는
용군단의 상단주가 한련이며 그녀가 오늘날의 용군단을 설립
하고 이끌어온 실질적인 지도자라는 사실 정도다.

화용군은 한련에게 천보에 대해서 설명했지만 천보에게는
아직 한련의 얘길 하지 못했다.

늦은 밤에 불쑥 찾아온 천보는 아직도 저녁 식사를 하지 못
했다고 해서 숙수들에게 음식을 준비하라 지시하고 화용군은
그녀를 장원의 접객실로 안내했다.

두 사람이 차를 마시면서 밀린 얘기를 나누고 있을 때 반옥
정이 전음으로 화용군을 불렀다.

[주군, 잠시 나와보십시오.]

반옥정은 쓸데없는 일로 주군을 귀찮게 할 사람이 아니라
서 뭔가 중요한 일 때문일 거라고 생각한 그는 천보에게 잠시
앉아 있으라고 말하고는 밖으로 나왔다.

방에서 나온 그는 대전에 반옥정과 한련이 같이 서 있는 것을 발견하고 그쪽으로 걸어갔다.

"무슨 일이냐?"

그의 물음에 한련이 진지한 얼굴로 대답했다.

"소녀가 공주를 만날게요."

"네가?"

남녀 관계에 대해서는 숙맥인 그는 한련의 말뜻을 금세 이해하지 못했다.

"공주께선 아직 소녀에 대해서 모르고 계시죠?"

"그렇기는 하다만……."

"소녀가 말씀드리겠어요."

"네가……."

화용군은 적잖이 놀랐지만 그것도 좋은 방법이라는 생각이 들었다.

한련은 아까 화용군이 천보에 대해서 자신에게 얘기할 때처럼 쩔쩔맬 것이 분명하고 자칫 오해를 일으킬 수도 있으니까 그녀가 직접 나서려는 것이다.

"총단선은 개봉으로 갔습니다."

한련을 천보에게 보내놓고서 화용군과 반옥정은 대전에 서서 대화를 나누었다.

"너도 총단선에 있었느냐?"

"네. 동명왕께서 바다를 보고 싶다고 하셔서 동해 쪽으로 나갔다가 주군의 전서구를 받았습니다."

화용군은 우령진인을 비롯한 소림사, 아미파, 곤륜파 장로들이 동명왕을 알현하고 싶다는 말을 듣고 그 즉시 용군단 휘하 광성전의 전서구를 총단선에 띄웠었다.

동명왕과 우령진인 등은 개봉에서 만나기로 약속을 정했다. 총단선이 제남에서 황하 상류를 따라서 거슬러 오르면 삼백여 리에 개봉이 있다.

우령진인 등 사대문파 일행은 북경을 떠나서 자파가 있는 서쪽으로 가자면 황하를 거슬러 올라야 하므로 그들이 만나기는 개봉이 적당한 위치다.

"주군께서 북경으로 떠나신 직후부터 공주께선 늘 우울하셨습니다. 그러다가 총단선이 개봉으로 향할 때 공주께서 갑자기 주군을 만나고 싶다고 말씀하셔서 중간에서 내려 곧장 북상한 겁니다."

천보는 화용군과 헤어진 직후부터 그가 너무도 보고 싶어서 열병 같은 그리움병에 빠졌었다.

그런데 개봉까지 다녀오면 아무리 짧게 잡아도 최소한 한 달 이상 그를 만나지 못할 텐데, 그런 생각을 하자 당장에라도 숨이 끊어질 것만 같아서 무작정 그를 만나러 북경으로 달려온 것이다.

그리고 막상 그를 만나고 나니까 그동안의 괴로움이 한순간에 사라지는 것을 느끼고 자신이 얼마나 그를 목숨처럼 사랑하고 있는지 새삼 깨닫게 되었다.

"음. 그래."

화용군은 팔짱을 끼고 한련과 천보가 있는 방으로 뻗은 복도를 쳐다보았다.

"잘될 겁니다."

"그럴까?"

반옥정의 말에 화용군은 미심쩍은 표정을 지었다.

"상단주는 좋은 분입니다."

화용군은 뜻밖이라는 얼굴을 했다.

"네가 누굴 칭찬하는 말은 처음 듣는군."

"여자가 더 있습니까?"

반옥정은 화제를 바꿨다. 그러나 그 질문이 화용군의 정곡을 찔렀다.

그가 금세 대답하지 못하고 허공을 응시하는 걸 보고 그녀는 미간을 찌푸렸다.

"누굽니까?"

화용군은 허공을 응시하면서 구주무관의 단소예와 유진을 떠올렸다.

구주무관 시절에 사부 단운택은 딸 단소예와 화용군이 혼인하기를 원했었고 화용군은 그러겠다고 약속했었다.

그러나 남경에 누나 화수혜를 찾으러 갔다가 돌아왔을 때 구주무관은 멸문했고 단소예는 어디론가 사라지고 보이지 않았었다.

그날 이후 화용군은 백방으로 수소문했으나 아직껏 그녀를 찾지 못했다.

화용군이 누나 화수혜와 헤어진 직후에 하오문의 건달들에게 누나의 몸값을 강탈당해서 그걸 찾으려다가 우연히 만나서 함께 죽을 고비를 넘겼던 어린 소녀가 유진이다.

그때 화용군은 유진에게 누나가 주었던 홍옥잠 비녀를, 유진은 그에게 붉고 푸른 두 개의 엄지손톱 크기의 보석이 양쪽에 매달려 있는 은으로 만든 은방울 백자명령을 주어서 서로의 정표로 삼았었다.

그때부터 화용군은 야차도 손잡이 끝 고리에 백자명령을 매달고 다녔었다.

그래서 그가 야차도를 사용할 때마다 사그랑… 자그랑… 하는 맑은 소리가 났으며 그때마다 반사적으로 유진의 열두 살 어린 얼굴이 떠올랐었다.

반옥정은 화용군이 아무 말이 없자 더 이상 묻지 않고 묵묵히 그를 바라보기만 했다.

화용군은 자신이 앞으로 살아가면서 단소에나 유진을 만날 가능성은 거의 없을 것이라고 생각했다. 그래서 그냥 마음속으로만 담고 있으리라 마음먹었다.

제60장

금강명해(金剛明解)

같은 시각 남천왕부.

자정이 가까워오고 있지만 남천왕의 거처에는 불이 환하게 밝혀졌으며 여러 사람이 모여 있다.

넓은 대전에는 남천왕 주헌중을 비롯하여 그의 최측근이 모두 모여 있다.

크고 화려한 태사의에는 남천왕이, 그의 왼쪽 호피의에는 딸 무련공주가 나란히 앉아 있으며, 양쪽에 부챗살처럼 이십여 명의 각 방면 인물이 늘어서 있다.

이들이 한밤중에 이곳에 모여 있는 이유는 엄청난 사건이 벌어졌기 때문이다.

당금 대명황제가 세 시진 전에 승하(昇遐)한 것이다.

황제의 승하는 아직 황족들에게도 알려지지 않았다. 자금성을 장악하고 있는 황궁호위대는 황제가 숨을 거두자마자 그동안 황제를 보살펴 왔던 황궁어의와 시녀 백여 명을 모조리 감금해 버리고 그 사실을 제일 먼저 남천왕에게 알렸다.

그리고 남천왕은 한밤중에 최측근을 모두 불러 모아 어떻게 할 것인지를 오랫동안 숙의했으며, 방금 전에 그 얘기가 끝났다.

남천왕은 황제의 승하를 아직 발표하지 않기로 결정했다. 그 자신이 다음 대 황제에 즉위하기 위한 포석이 아직 미비한 상태이기 때문이다.

가장 큰 걸림돌은 두 개다. 첫째는 황궁을 완벽하게 장악하지 못했다는 것이고, 둘째는 무림에 남천왕 반대 세력이 존재하고 있다는 사실이다.

현재 황족의 육 할 정도가 남천왕에게 포섭되어 그를 지지하고 있으나 나머지 사 할이 남천왕을 반대하면서 오히려 동명왕의 사면(赦免)과 복귀를 열망하며 암중에서 뭔가를 획책하고 있다.

대명제국의 최고 조직이라고 하면 내각(內閣)과 육부(六部), 도찰원(都察院), 오호도독부(五胡都督府)를 꼽으며, 남천왕은 이들도 육 할 정도밖에 포섭하지 못한 상황이다.

이들 중에서 무엇보다도 가장 중요한 조직이 오호도독부이다. 각 도독부는 천하의 셋 내지 네 개의 성(省)을 지배하는 군부(軍部)의 최고지도조직이며, 하나의 도독부 휘하에 있는 군사의 수가 무려 이십오만에 이른다.

다른 건 다 제쳐두고라도 오호도독부를 장악해야지만 대명제국의 병권(兵權)을 접수했다고 할 수 있는데 남천왕은 세 개의 도독부만을 포섭한 상황이다.

그나마 자금성과 북경을 비롯한 하북성을 수호하는 구문제독부를 장악했다는 사실이 큰 위로가 되었다.

심장부를 장악했으면 이미 절반 이상은 성공이라고 할 수 있지만 인체에는 심장만 있는 게 아니다.

심장만 있으면 그저 목숨만 부지하고 있다뿐이지 마음대로 움직일 수가 없다.

심장은 자금성과 북경이다. 그러나 대명제국은 거대한 천하다. 그걸 온전히 장악하여 대명제국을 마음대로 휘두르지 못한다면 황제라도 껍데기에 불과할 뿐이다.

남천왕은 황제의 승하를 비밀에 부치고 최대한 빠른 시일 안에 아직 포섭, 장악하지 못한 조직을 처리하기로 결정을 내렸다.

황족이든, 조직이든, 무림세력이든 마지막으로 전력을 기울여 회유해서 성공하면 다행이지만 그러지 못할 경우 포섭하지 못한 각 조직의 우두머리들을 쥐도 새도 모르게 암살하기로 결정한 것이다.

남천왕 왼쪽에 앉아 있는 무련공주가 좌중을 둘러보면서 차분한 표정으로 말했다.

"오대문파도 혈명단을 적극 돕도록 하세요."

무련공주는 하늘도 오시할 만큼 두뇌가 비상하기 때문에 남천왕은 그녀에게 모든 것을 일임하고 있는 상황이다.

회유를 하지 못한 각 조직의 우두머리들을 암살하는 것을 무림 최고, 최대 살수조직인 혈명단이 맡았는데 무련공주는 오대문파도 혈명단을 적극 도우라고 말하는 것이다.

남천왕 오른쪽 중간쯤에 늘어서 있는 오대문파, 즉 화산파, 청성파, 점창파, 공동파, 종남파의 장로들은 적이 놀라는 표정을 지었다.

이들은 무림에서 최고의 명성과 지위를 누리고 있는 구대문파 중에 다섯 문파이며 이들더러 암살에 가담하라고 하니 그것은 무림사에 전무후무한 일이다.

"우리가 그런 일을 한다는 것은 좀……."

화산파 장로 전풍자가 난색을 표하면서 무련공주를 쳐다보며 말끝을 흐렸지만 그가 무슨 말을 하려는지 모르는 사람은 없다.

"하세요."

그러나 무련공주는 일고의 가치도 없다는 듯 잘라 말했다. 사실 남천왕의 두뇌라고 할 수 있는 최고의 책사는 바로 그의 딸 무련공주다.

그녀는 이 년여 전에 불치병에 걸려서 거의 죽음 직전까지 갔었는데 그때 천보공주가 북경에서 항주까지 달려와 그녀의 목숨을 구해주었었다.

그런데 이제는 생명의 은인인 천보공주와 적대 관계가 되어 그녀를 비롯한 동명왕 일가를 척살하려 하고 있다.

일전에 동명왕에게 반역의 누명을 씌워서 절해고도로 유배를 보냈던 것도 무련공주의 솜씨였었다.

무련공주는 전풍자를 달래듯이 잔잔한 미소를 지었다.

"하지 않으면 사대문파하고 똑같은 취급을 당하게 될 거예요. 알아서 하세요."

남천왕의 회유를 뿌리치고 떠난 무당파와 소림사, 아미파, 곤륜파는 장차 남천왕이 황제에 즉위하면 멸문지화를 당하게 될 것이다.

그런 신세가 되지 않으려면 입 닥치고 혈명단을 도와 암살을 하라는 것이 무련공주의 협박이다.

그런 무시무시한 협박을 하면서도 그녀는 온화한 미소를 잃지 않으면서 말했다.

소리장도(笑裏藏刀), 원래 웃음 속에 감춰져 있는 칼이 더 무서운 법이다.

"감 노사(坎老師)."

"하명하십시오, 공주님."

무련공주가 조용히 호명을 하자 시립해 있는 인물 중에 감태정이 공손히 허리를 굽혔다.

"남천왕부의 전권(全權)을 드릴 테니까 탈명야차를 반드시 죽여서 머리를 내게 가져오세요."

"명을 받듭니다."

남천왕이 지방인 항주로 쫓겨 내려가서 남천문의 문주로 근근이 명맥을 이어가고 있을 때부터 지금의 위치에 이르기까지 감태정의 도움이 절대적이었다.

그가 없었다면 지금의 남천왕도 존재하지 않았을 것이다. 그러므로 장차 남천왕이 황위에 오른다면 일등공신은 누가 뭐래도 감태정인 것이다.

뿐만 아니라 남천왕은 아들 승명왕자 주고후를, 감태정은 아들딸과 손자손녀 수십 명이 탈명야차에게 죽음을 당했다는 공통의 아픔과 원한을 지니고 있다.

그러므로 남천왕이나 무련공주가 감태정을 신뢰하는 것은 상상하는 것 이상이다.

남천왕이나 무련공주는 탈명야차가 걸림돌이 될 것이라는

생각은 하지 않는다.

하지만 탈명야차는 그야말로 눈엣가시 같은 존재이고 불공대천의 철천지원수다.

그러므로 그를 제거하지 않고는 밥이 목으로 넘어가지 않을 것이다.

감태정은 자신의 거처로 돌아온 후에 측근들과 머리를 맞대고 어떻게 하면 탈명야차를 죽일 수 있을지에 대해서 의논을 거듭했다.

감태정의 측근이라고 하면 예전에는 그의 아들딸들과 며느리들이 주축을 이루었으나 탈명야차에게 다 죽고 이제는 단 두 명만 남아 있는 실정이다.

그의 차남이며 무림 최고의 살수조직인 혈명단의 단주와 부단주가 그들이다.

혈명단주와 부단주는 부부지간으로 부단주는 감태정의 며느리이기도 하다.

"전하께서 황위에 오르시는 것도 중요하지만 탈명야차를 잡아 죽이는 게 더 중요하다."

"그렇습니다, 아버님. 전 그놈만 생각하면 밤에 잠도 오지 않습니다."

감태정이 이를 갈 듯이 중얼거리자 혈명단주이자 차남 감중도(坎中途)가 살기를 뿜어내며 받아쳤다.

감태정은 단 한순간도 탈명야차를 잊어본 적이 없었다.

"골백번 생각을 해봐도 현광검을 죽인 건 탈명야차 그놈이 분명하다."

그는 마치 자신의 눈으로 본 것처럼 단정적으로 말했다.

"아버님, 현광검은 무당파 검법 태극혜검 구주풍뢰에 죽었습니다. 더구나 수십 줄기의 검기에 당했습니다. 그 정도면 구대문파 장문인 정도의 절정고수입니다. 설마 탈명야차가 그렇게 고강힐 거라고 생각하시는 깁니까?"

감중도는 반신반의하는 표정을 지었다.

"아버님께선 그놈과 싸워보셨잖습니까? 정말 그렇게 고강했습니까?"

"이 정도까지는 아니었다."

감태정의 표정이 진지해졌다.

"그러나 워낙 신출귀몰한 데다 종잡을 수 없는 놈이니까 한동안 나타나지 않은 사이에 알 수 없는 기연을 얻어서 고강해진 것일 수도 있다."

"무당파의 기연입니까?"

"그럴 거다."

북경에 와 있던 무당파의 우령진인을 만나서 한바탕 따지고 온 화산파의 전풍자는 우령진인이 흉수에 대해서 뭔가 알고 있는 것 같았다고 말했었다.

감태정은 흥수가 탈명야차라고 확신하고 있는데, 탈명야차가 무당파의 태극혜검 구주풍뢰를 전개했으며 우령진인이 뭔가 알고 있는 것 같은 낌새였다면, 탈명야차가 무당파와 깊은 연관이 있는 게 분명할 것이다.

"어쨌든 무련공주께서 내게 흥수를 잡으라면서 남천왕부의 전권을 주셨으니 이 기회에 무슨 수를 쓰더라도 기필코 그놈을 잡아 죽여야만 한다."

"무슨 좋은 방법이 있으십니까?"

"그렇다."

"뭡니까?"

감중도와 둘째 며느리는 몹시 궁금한 얼굴로 바싹 가깝게 다가왔다.

선풍도골 신선 같은 풍모의 감태정 얼굴에 교활한 웃음이 물결처럼 번졌다.

"흐흐흐… 함정을 파는 거다."

＊　　　＊　　　＊

자정이 돼서야 늦은 저녁 식사를 하는 천보, 반옥정과 함께 탁자에 둘러앉아 화용군과 한련도 술잔을 기울였다.

"용 대가께서 한련 상단주하고 모종의 깊은 관계가 있을 것이라고 짐작은 하고 있었어요."

화용군의 왼쪽에 앉은 천보는 식사를 하면서 그를 보며 배시시 미소를 지었다.

아까 한련은 천보가 혼자 있는 방에 들어가고 나서 반 시진쯤 대화를 한 후에 밖으로 나왔다.

혼자 나온 게 아니라 천보와 다정하게 손을 잡은 채 마치 두 사람이 오랜 친구 같은 모습이어서 화용군과 반옥정을 크게 놀라게 만들었다.

한련은 천보에게 자신의 신분과 화용군과의 관계에 대해서 조심스럽지만 솔직하게 차근차근 설명을 했고, 천보는 크게 놀라거나 절망하지 않은 모습으로 의연히 한련의 말을 끝까지 다 들어주었다.

"그래서 소녀는 언젠가 멀지 않은 장래에 한련 상단주, 아니, 연 매하고 둘이서 용 대가를 모시게 될지도 모른다는 생각을 하고 있었어요."

한련은 천보보다 한 살 어리다. 두 여자는 반 시진 동안 여러 가지 대화를 나누는 사이에 벌써 언니 동생 하는 사이가 돼버렸다.

아마도 두 사람의 천성이 순하고 너그러우며 또한 똑같이 화용군을 사랑하는 동변상련의 처지라서 서로를 쉽게 이해하고 받아들였을 것이다.

화용군은 왼쪽에 앉은 천보와 오른쪽에 앉은 한련의 손을 양손으로 잡았다.

"두 사람 고맙다."

그 말만 했지만 그 속에 깊은 뜻이 담겨 있다는 걸 두 여자는 느꼈다.

"너희가 사이좋게 지냈으면 좋겠다."

천보와 한련은 진심 어린, 그리고 사랑이 듬뿍 담긴 얼굴로 그를 바라보았다.

"소녀들은 싸움이나 투기 같은 것은 하지 않아요. 합심해서 용 대가를 열심히 모실 거예요."

"소녀들 걱정은 하지 마세요. 어쩌면 우리 두 사람은 용 대가보다 더 사이좋게 될지도 몰라요. 그럼 용 대가께서 질투를 하실 거예요."

화용군은 두 여자 다 천성이 선하고 현명해서 그녀들을 만난 자신이 행운아라고 생각했다.

만약 그녀들이 서로를 인정하지 않고 싸우고 반목했다면 화용군은 괴로울 테고 어쩌면 두 여자 중에 어느 누구도 선택하지 않았을지 모른다.

그의 성격상 천보나 한련 어느 누구도 선택하지 못했을 것이다. 그만큼 그녀들을 똑같이 사랑하기 때문이다.

하지만 그녀들의 착한 성정을 잘 알고 있기 때문에 그런 최악의 상황은 벌어지지 않을 것이라고 기대했었다. 그리고 그의 바람대로 됐다.

화용군은 두 사람의 손을 꼭 쥐고 말했다.

"두 사람 내일 아침에 여길 떠나라."

"네에?"

"왜요?"

그의 난데없는 말에 두 여자는 깜짝 놀라서 눈을 동그랗게 떴다.

화용군의 목소리가 타이르듯이 변했다.

"내가 북경에 무엇을 하려고 왔는지 두 사람은 잘 알고 있겠지?"

두 여자는 말없이 고개를 끄떡였다. 그녀들은 화용군이 이제부터 북경에서 원수를 갚아야 하고 또 남천왕 세력을 깨부숴서 동명왕이 황위에 오를 수 있도록 해야 한다는 사실을 누구보다도 잘 알고 있다.

하지만 그보다는 사랑하는 화용군과 오늘 밤이 지나면 이별을 해야 한다는 사실 때문에 슬픔이 솟구쳤다.

"두 사람이 북경에 있다는 것은 내 두 팔을 묶어놓은 것이나 다름이 없어."

두 여자는 쓸쓸한 표정을 지었다. 자신들이 이곳에 있으면 화용군의 두 팔을 묶은 것이나 다름이 없다는 말이 틀리지 않기 때문이다.

그녀들이 화용군의 도움이 되지는 못할망정 방해가 되어서는 안 된다.

그녀들은 한동안 침묵을 지키고 있다가 서로의 얼굴을 한 번 쳐다보고 나서 조용한 목소리로 대답했다.

"알았어요."

자정이 훨씬 넘은 시각. 화용군은 혼자 침상에 누워서 잠을 청했다.

천보나 한련 둘 다 이제 헤어지면 앞으로 언제 만나게 되는지 알 수 없다.

어쨌든 북경에 온 이상 감태정과 남천왕을 죽이고 동명왕을 황제로 옹위하는 일이 성공해야지만 다시 두 여자를 만나게 될 것이다.

오늘 밤 화용군은 천보와 한련 두 여자 중에 어느 한 사람하고만 밤을 보낼 수가 없는 일이다.

한련하고는 사흘 동안 지내면서 사랑을 나누었으므로 오늘 밤은 천보하고 보내는 것이 이치에 맞겠지만, 두 여자 다 앞으로 언제 만나게 될지 모른다는 생각을 하면 천보하고만 밤을 보내는 것은 한련에게 잔인한 짓이다.

그렇게 이러지도 지리지도 못하기 때문에 그는 차라리 혼자 자는 것을 택했다.

"후우……."

그는 답답한 마음에 긴 한숨을 내쉬다가 뚝 멈추었다.

누군가 복도를 걸어오는 기척을 감지했다. 한 명이 아니라 세 명이고, 숨소리와 발걸음 소리로 미루어 천보와 한련, 반옥정이 오고 있는 게 분명했다.

그는 일어나서 앉아 문 쪽을 쳐다보았다. 이 밤중에 세 여자가 그를 찾아올 줄은 전혀 예상하지 못했다.

사르르…….

이윽고 문이 열리더니 천보가 앞서고 한련이 뒤따라서 쭈뼛거리며 들어오는데 뒤에서 반옥정이 두 여자를 실내로 밀어 넣더니 문을 닫아버렸다.

"무슨 일이냐?"

그녀들이 할 말이 있거나 무슨 일이 있어서 왔을 거라고 생각한 화용군이 묻자 캄캄한 실내에서 그녀들은 서로 손을 꼭 잡고 더듬거리면서 침상으로 다가왔다.

잠옷 차림의 화용군은 침상에서 내려와 휘장을 젖히고 그녀들을 쳐다보았다.

"왜 그러느냐?"

손을 꼭 잡고 있는 두 여자는 말을 하지 못하고 얼굴을 붉히면서 쭈뼛거렸다.

화용군은 더욱 궁금해져서 양손으로 그녀들의 어깨를 잡고 재차 물었다.

"무슨 일이 있는 것이냐?"

"저……."

부끄러움이 많기는 두 여자 똑같다. 하지만 천보보다는 조금쯤 더 당돌한 한련이 용기를 냈다.

"그래, 뭐냐?"

"우리 두 사람… 오늘 같이 용 대가와 자고 싶어요."

"뭐어……?"

한련이 말문을 열자 천보가 가세했다.

"용 대가는 우리 둘 중에 어느 한 사람하고 잘 수가 없어서 혼자 주무시는 거죠?"

"그… 그렇다만……."

"그러니까 우리 셋이 같이 자는 거예요."

"허어……."

화용군은 닫힌 문을 쳐다보았다. 천보와 한련을 데리고 온 사람은 반옥정이다.

그녀가 필경 이별을 앞두고 끙끙 속을 끓이고 있는 두 여자를 한꺼번에 화용군과 동침시킨다는 방법을 생각해 내고 이곳으로 데려왔을 것이다.

천보와 한련은 말을 해놓고 화용군이 아무 대답이 없자 초조한 표정으로 그를 바라보았다.

화용군은 문을 보며 전음을 보냈다.

[옥정, 고맙다.]

[별말씀을.]

반옥정의 무미건조한 대답이 돌아왔다.

천보와 한련은 화용군이 아무 말도 없자 불안해져서 더욱 손을 꼭 잡았다.

갑자기 화용군은 옷을 훌훌 벗었다.

"그만 자자."

두 여자는 눈을 동그랗게 떴다.

"옷은 왜 벗어요?"

"자면서 아무것도 안 할 거니?"

"아, 아뇨!"

"그런 말씀을!'

두 여자는 허둥지둥 옷을 벗고 알몸이 되어 화용군에게 달려들어 그를 침상에 쓰러뜨렸다.

늘씬하고 탐스러우며 뜨거운 두 여자는 화용군에게 안기면서 섣부른 욕정을 발산했다.

"당신 각오해요."

동이 트기 전에 눈을 뜬 천보가 화용군의 귀에 입술을 대고 조그맣게 속삭였다.

"용 대가, 짐깐 나가요. 힐 애기가 있어요."

"음……."

양팔로 천보와 한련을 안은 채 자고 있던 화용군은 눈도 뜨지 않고 몸을 빙글 돌려 천보의 몸 위로 올라가 입술로 그녀의 목을 더듬었다.

"한 번 더 해줘……?"

"아아… 그게 아니고……."

그녀의 말이 끝나기도 전에 화용군의 것이 제 굴을 찾아들어가는 두더지처럼 그녀의 몸속으로 들어갔다.

"아앗… 할 얘기가 있다니까요……."

"그만할까?"

"아… 아니에요……."

천보는 도리질하면서 두 손으로 그의 엉덩이를 힘껏 당겼다.

"용 대가를 만나러 온 이유는 보고 싶은 것이 첫 번째였고 이게 두 번째 이유예요."

아무것도 모른 채 고단하게 자고 있는 한련이 깰까 봐 몰래 사랑을 나누었던 화용군과 천보는 조심스럽게 방을 나와 옆

방으로 갔다.

탁자에 나란히 앉은 천보는 한 장의 접은 종이를 꺼내 화용군에게 내밀었다.

종이에 빼곡하게 적혀 있는 어떤 심오한 구결을 읽던 화용군이 눈을 빛냈다.

"새로운 역천심법인가?"

"네. 야차도의 발작을 원천적으로 해소하는 심법인데 금강명해(金剛明解)라고 이름을 지어봤어요."

"내가 발작을 하면 금강야차명왕으로 탈바꿈하는 현상을 해소한다는 뜻이로군."

"그래요."

화용군은 종이를 손에 쥐고 천보를 바라보았다.

"어떻게 이걸 만든 거지?"

"하늘이 금강야차명왕을 정했으면 반드시 그것에 대한 해법도 있을 것이라고 믿었어요. 그래서 이것저것 방법을 연구하다가 금강경(金剛經) 안에서 해법을 찾아냈어요."

"호오… 불경에서 말인가?"

"금강야차명왕은 오대명왕의 하나이고 오대명왕은 불가에서 유래했으니까 금강경을 살펴본 거예요."

화용군은 감탄하면서 천보의 머리를 쓰다듬었다.

"천보, 정말 대단하다."

천보는 부끄러우면서도 좋은 듯 얼굴을 붉혔다.

"과찬의 말씀을……."

화용군은 그녀를 번쩍 안아서 무릎에 앉히고 두 팔로 꼭 끌어안았다.

"너 같은 최고의 여자가 내 여자라니 꿈만 같구나."

사랑하는 사람에게 '최고의 여자'라는 칭찬을 들은 천보는 뭐라고 형언할 수 없는 행복감에 몸을 떨었다.

개방은 남천왕의 눈과 귀가 되어 천하무림의 동정을 샅샅이 살피고 있다.

무림에서 개방이라는 최대 방파의 이목을 속일 수 있는 집단은 결코 없다. 설혹 일개인이라고 해도 개방의 이목에서는 자유롭지 못하다.

개방은 북경을 출발한 무당파를 비롯한 사대문파를 예의 감시하고 있는 중이다.

감시한다고 해서 개방 제자들이 북경에서 서쪽으로 가고 있는 사대문파를 미행하는 것은 아니다.

개방 제자들은 천하 구석구석 퍼져 있지 않은 곳이 없으니까 구태여 그럴 필요가 없다.

개방 제자들은 그냥 자신의 구역에 들어왔다가 지나쳐 가는 사대문파 사람들을 그저 아무 일 없는 것처럼 지켜보기만

하면 된다.

그러고는 그들의 일거수일투족을 각 지역의 분타주에게 보고하고 분타주들은 그 내용을 정리하여 북경 총타로 전서구를 띄우는 것이다.

서쪽으로 향하고 있는 사대문파 사람들은 절대로 개방의 이목에서 벗어날 수가 없다.

하지만 그들이 어디에서 무엇을 하고 누구를 만났는지 등에 대한 정확한 내용은 개방 방주와 장로들의 손에 들어가지 못할 것이다.

개방의 모든 보고 체계는 총타의 총방교 삼절묘개의 손을 거치게끔 되어 있기 때문이다.

공동파에서 북경에 온 제자는 장로 현광검을 비롯하여 칠십 명이었다.

그런데 닷새 전에 현광검이 불의의 죽음을 당하고 남천왕부에 침입한 흉수의 손에 제자 열다섯 명이 목숨을 잃는 불행이 덮쳤다.

장로인 현광검이 죽은 후에는 구소검(九霄劍)이 공동파 제자들을 이끌고 있다.

구소검은 공동파 복마당(伏魔堂)의 당주로서 장로 바로 아래의 신분이고 공동파의 팔당주 중에 한 명이다.

오늘은 남천왕부를 지키는 것이 종남파 순서이고 공동파에는 뭘 하라는 지시가 없어서 구소검은 제자들에게 쉬라 이르고 자신은 북경 성내로 나왔다.

구소검은 여덟 살 어린 나이에 도가인 공동파에 출가한 이후 도법과 무술에만 힘썼기에 속세에 몇 차례 나와볼 기회가 없어서 아는 곳도 아는 사람도 거의 없다.

더구나 공동파가 있는 감숙성(甘肅省) 공동산에서 칠천여 리나 멀리 떨어진 북경은 다른 나라처럼 낯설기만 하다.

그러나 구소검이 얼마 전에 북경에 왔다가 우연히 삼절묘개를 만난 것은 행운이었다.

삼절묘개는 이십여 년 전에 감숙성 성도인 난주(蘭州)에서 개방 난주분타주의 신분으로 오 년 동안 머물렀었고 그때 비슷한 연배의 구소검과 의기투합하여 친구가 된 이후 두 사람은 우정을 쌓아갔었다.

성내를 할 일 없이 거닐던 구소검은 이윽고 개방 총타 방향으로 발길을 돌렸다.

그는 가슴속에 진득한 진흙이 꽉 들어찬 것처럼 마음이 답답하기 짝이 없었다.

사실 그는 공동파가 관(官), 그것도 황궁의 일에 관여하는 것을 무조건적으로 반대하는 입장이었다.

더구나 천하가 포악한 왕이라고 입을 모으는 남천왕을 공동파가 돕게 된 것에 대해서는 하늘을 우러러 쳐다보지 못할 정도로 부끄러웠다.

남천왕이 회유했을 때 현광검은 구소검에게 의논은커녕 일언반구 말 한마디 하지 않고 독단적으로 결정을 내려 남천왕과 결탁했었다.

공동파를 출발할 때 장문인이 현광검에게 칠십 명 제자의 생살여탈권을 주었다고는 해도 그처럼 큰일을 당주인 구소검의 의견을 한마디 들어보지도 않고 독단적으로 결정하는 건 아니었다.

현광검의 결정으로 북경에 온 칠십 명의 공동 제자는 꼼짝없이 남천왕부의 수족 노릇을 해야만 하는 상황인데, 현광검이 죽어버렸으니 난감한 상황이 돼버렸다.

현광검이 남천왕을 돕겠다는 결정을 내렸으므로 이제 와서 구소검이 그걸 뒤집기는 어려웠다.

뒤집는다고 해도 남천왕의 보복이 두려웠다. 남천왕은 절대로 그냥 넘어갈 인물이 아니다.

그것 때문에 구소검은 속이 새카맣게 타서 요즘 사는 게 사는 게 아닌 상황이다.

막역지우인 삼절묘개는 마침 총타에 있었으며 구소검을 보자마자 출출하던 차에 잘됐다면서 어디 가서 낮술이나 한

잔하는 게 어떠냐고 의향을 물었다.

　그렇지 않아도 속이 터질 것처럼 답답하여 불감청이언정 고소원이었던 구소검이 마다할 리가 없다.

　사실 삼절묘개는 눈코 뜰 새 없이 바빴지만 구소검이 대낮에 자신을 찾아온 데다 그의 표정이 심상치 않은 것 같아서 만사 제쳐 놓고 그를 데리고 총타에서 멀리 떨어진 허름한 주루로 향했다.

　방방은 밥보다 좋아하는 술을 한 모금도 마시지 못한 채 꼿꼿하게 앉아서 삼절묘개와 구소검의 대화를 들었다. 아니, 거의 구소검 혼자 떠드는 넋두리였다.

　삼절묘개는 방방을 자신이 북경 총타에 와서 거둔 제자라고 소개하고 술자리에 데리고 나왔다.

　방방은 술 냄새만 맡아도 취한다고 거짓말을 하고서는 공손한 자세로 두 어른의 시중을 들었다.

　삼절묘개와 구소검은 한 시진 동안 다섯 병의 술을 마시면서 이런저런 많은 얘기를 나누었다.

　더 이상 구소검에게 들을 얘기가 없다고 판단한 삼절묘개는 방방에게 심부름을 시켰다.

　"사부님, 먼저 가겠습니다."

　방방은 공손히 인사하고 자리를 떴다.

화용군은 오늘 아침에 천보와 한련이 떠난 직후부터 방에서 두문불출하며 천보가 주고 간 금강명해의 구결을 외우고 또 그것을 운공조식하느라 시간 가는 줄 모르고 있다.

금강명해의 주된 내용은 화용군이 금강야차로 변하는 것을 억제하는 것이 아니라 그 상황을 초극(超克)하는 것이며 억제와 초극은 근본적으로 다르다.

억제는 화용군이 금강야차명왕으로 변하기 전에 차단하는 것이고, 초극은 금강야차명왕으로 변하더라도 이성을 잃지 않는 상태를 말한다.

억제를 하면 금강야차명왕으로 변했을 때의 무시무시한 괴력을 발휘하지 못한다.

반면에 초극을 하면 아무 때나 괴력을 발휘하게 된다. 그 차이는 엄청난 것이다.

방방은 하녀의 안내를 받아 화용군이 있는 방으로 향했다.

"고맙소."

방 앞에서 그는 하녀를 돌려보내고 아무 생각 없이 문을 열었다.

척—

"용군, 나 왔어."

그런데 아무 생각 없이 실내로 들어서던 방방은 눈앞에 벌어진 광경을 발견하고는 혼비백산했다.

"흐익!"

꿈에서조차 본 적이 없는 무시무시한 괴물이 실내의 허공을 이리저리 쏜살같이 날아다니고 있었던 것이다.

방방이 얼핏 본 괴물은 온몸에서 시뻘건 화염(火焰)을 뿜어내고 있으며, 허공을 날아다닐 때 뒤에서 불꼬리가 길게 늘어지는 모습이다.

때마침 그 괴물은 허공중에서 방방 쪽으로 방향을 틀더니 곧장 쏘아왔다.

"으어어……."

방방은 발바닥에 뿌리가 내린 듯 그 자리에서 꼼짝도 하지 못한 채 온몸을 와들와들 떨어댔다.

방방은 혼백이 달아날 정도로 놀란 와중에도 자신을 향해 쏘아오고 있는 괴물을 자세히 볼 수가 있었다.

그것은 얼굴이 세 개 삼면(三面)인데 정면과 좌우를 보고 있으며, 팔은 여섯 개 육비(六臂)이고, 각 팔에는 활(弓), 화살(箭), 검(劍), 법륜(法輪), 금강저(金剛杵), 오고령(五鈷鈴), 오고저(五鈷杵)를 쥐고 있다. 또한 얼굴이 검고 푸르스름하며 눈을 희번덕이고 있다.

그리고 눈에서 도깨비불 같은 회색의 광채가 뿜어졌고, 머리카라의 삼 할 정도가 파뿌리처럼 희었다.

'으으… 금강야차다…….'

후우욱—

괴물 금강야차가 자신과 충돌할 것처럼 무섭게 쇄도하자 방방은 눈을 질끈 감아버렸다.

"방방."

금강야차와 충돌해서 즉사할 것이라는 생각으로 공포에 질려 있던 방방의 귀에 나직한 목소리가 들렸다.

방방은 부들부들 떨면서 조심스럽게 실눈을 떴다. 그런데 그의 앞에는 경장 차림의 화용군이 뒷짐을 지고 산책 나온 듯한 모습으로 서 있는 것이 아닌가.

"용군……."

멍한 표정으로 화용군을 바라보던 방방은 깜짝 놀라서 주위를 두리번거렸다.

"그… 금강야차는 어디로 갔나?"

"사라졌네."

"사라져? 어디로?"

화용군은 빙그레 미소 지었다.

"왔던 곳으로 갔겠지."

"왔던 곳이라니… 부처님에게 말인가?"

방방은 아직도 정신이 반쯤 나간 표정으로 중얼거렸다.

물론 조금 전에 방방이 목격했던 금강야차명왕은 화용군이 변한 모습이었다.

　그는 천보가 애써 만든 금강명해를 반나절 만에 완벽하게 터득하여 마침내 금강야차명왕을 마음대로 발휘할 수 있는 경지에 올랐다.

제61장

———

격랑(激浪)

"음, 그렇다는 말이지."

방방의 설명을 다 듣고 난 화용군은 팔짱을 끼고 묵직하게 중얼거렸다.

방방은 지난 며칠 사이에 있었던 일들과 아까 공동파 구소검에게 들은 얘기를 간추려서 화용군에게 해주었다.

황제가 승하했다는 사실은 아무리 개방이라고 해도 알지 못했었다가 구소검을 통해서 비로소 알게 되었다.

삼절묘개가 방방을 심부름 보낸 곳은 바로 이곳이다. 구소검이 해준 말이 매우 특별하기 때문에 화용군에게 전해주라는 것이 심부름이었다.

"황제가 승하했다는 건가?"

화용군이나 천보, 동명왕이 내내 우려하던 일이 터지고 말 았다. 이제는 남천왕이 황위에 즉위하는 일만 남았으며 그 시 기가 언제인가가 관건이다.

남천왕이 황족과 신료(臣僚)를 육 할밖에 장악하지 못해서 황위에 오르는 시기를 늦춘다고는 하지만 그리 길지는 않을 것이다.

포섭하지 못한 황족과 신료들을 마지막으로 회유하고 그 래서도 말을 듣지 않으면 암살한다고 했으니 짧으면 보름이 고 늦어도 한 달이면 마무리될 것이다.

방방은 화용군이 깊은 생각에 잠기자 입맛을 다시며 주위 를 두리번거렸다.

"왜 그러나?"

화용군이 묻자 방방이 멋쩍게 웃었다.

"하하… 뱃속의 주충(酒蟲)들이 술 달라고 극성을 부려 서……."

방방은 한 시진 넘도록 삼절묘개와 구소검이 술 마시는 모 습을 옆에서 지켜보고만 있었으니까 뱃속의 술벌레들이 난리 를 부릴 만도 하다.

"그래, 술 한잔하면서 생각하도록 하자."

"옳거니! 좋은 생각이 안 날 땐 술이 최고지!"

화용군의 말에 방방은 쾌재를 부르며 촐싹거렸다.

화용군은 술을 마시는 동안 좋은 생각은 떠오르지 않았으나 이제부터 어떻게 해야 할 것인지에 대해서 생각을 정리할 수 있었다.

그가 할 일은 크게 두 가지다. 복수를 하는 것과 동명왕을 황위에 앉히는 일이다.

두 가지 일의 정점에는 남천왕이 도사리고 있다. 어떻게 해서든지 남천왕만 죽이면 복수도 동명왕이 황위에 오르는 것도 다 해결될 수 있다.

그러나 현실적으로 남천왕을 죽이는 일은 불가능하다. 그는 황제보다 몇 배나 더 삼엄한 호위 속에 도사리고 있으므로 그에게 접근하는 것조차 어려운 실정이다.

이대로 있다가 남천왕이 대명제국의 황제가 돼버리면 그걸로 끝장이다.

황제를 상대로 싸울 수는 없다. 그것은 대명제국 전체와 싸우는 것이나 마찬가지이므로 스스로 무덤을 파는 일이다.

그러니까 무슨 일이 있어도 남천왕이 황위에 오르는 것을 막아야만 한다.

그래서 화용군은 동명왕이 전면에 나서 아직 남천왕에게

포섭되지 않은 황족과 신료들을 직접 만나서 자신의 확고한
의지를 보여줘야 한다고 생각했다.

그러는 한편 화용군이 남천왕부를 뒤집어놔야 한다. 남천
왕을 죽이지는 못하더라도 될 수 있는 한 그에게 큰 타격을
입혀야만 한다.

"무련공주 말이야."

쉬지 않고 술만 마시던 방방이 불쑥 입을 열었다.

"그 여자를 잡으면 남천왕은 꼼짝도 못할 거야."

화용군은 남천왕의 딸 무련공주가 천재적인 두뇌의 소유
자로 책사 노릇을 하고 있다고 들었다.

"뱀 대가리를 손에 꼭 쥐고 있으면 몸통이 아무리 발버둥
을 쳐봐야 소용없지."

잠시 생각하던 화용군은 고개를 끄떡였다.

"방방, 무련공주에 대해서 샅샅이 알아봐다오."

"알았어."

방방은 염려하는 표정을 지었다.

"그나저나 무련공주가 감태정에게 남천왕부의 전권을 주
면서까지 자넬 죽이라고 했다니까 조심해."

그렇지 않아도 화용군은 그게 걱정이다. 감태정은 교활하
기 짝이 없는 인물이라서 화용군으로서도 상상하지 못한 방
법을 쓸 수도 있다.

금룡왕(金龍王)은 황족 중에서 최고 어른이다.

형제인 동명왕과 남천왕의 부친은 오 형제의 장남이었는데 금룡왕은 사 남이다.

그러니까 동명왕과 남천왕에겐 숙부이고 살아 있는 황족 중에서 나이가 가장 많다.

또한 남천왕이 아직 포섭하지 못한 사 할의 황족 중에 한 명이기도 하다.

황족들은 최고 어른인 금룡왕에게 많이 의지하고 있으며 그의 영향력은 대단한 편이다.

만약 남천왕이 금룡왕을 포섭한다면 아직 넘어오지 않은 황족 사 할 중에서 삼 할은 저절로 굴러들어 올 것이다. 그렇기 때문에 현 상황에서 남천왕이 가장 공을 들일 황족이 금룡왕이라는 것은 두말할 필요도 없다.

금룡왕부의 활짝 열린 전문을 통해서 십여 대의 수레가 줄지어 들어가고 있다.

천하삼대상단 중에 하나인 용군단 북경지단에서 금룡왕에게 문안차 진귀한 선물을 수레에 바리바리 싣고 온 것이다.

맨 앞에는 용군단 북경지단의 지단주가 걸어가고 뒤에는 수행원 한 명이 말고삐를 잡고 따른다.

잠시 후에 용군단 북경지단주 설도공(薛道公)과 수행원이 금룡왕을 만나러 어느 전각으로 들어갔다.

저벅저벅…….

설도공 뒤를 따르고 있는 수행원은 사실 장사치 복장으로 변복한 화용군이다.

남천왕이 포섭하지 못한 사 할의 황족들을 마지막으로 한 번 더 회유해 보고 그래서도 듣지 않으면 암살할 거라고 해서 화용군이 직접 금룡왕을 만나보려고 온 것이다.

화용군은 여기까지 오는 동안 금룡왕부 안팎에 감시의 눈이 많다는 사실을 감지했다.

그러므로 그가 금룡왕을 직접 대면한다고 해서 그와 대화를 나눌 수 있는 게 아니다.

설도공과 화용군을 안내한 호위무사로 보이는 인물이 이윽고 어느 방 앞에 멈추었다.

"전하, 용군단 북경지단주 설도공이 문안 인사를 드리겠다고 합니다."

"들어와라."

안에서 묵직한 목소리가 흘러나왔다.

척—

문이 열리고 호위무사가 안쪽을 가리키자 설도공과 화용

군이 차례로 들어갔다.

실내에는 세 사람이 있으며, 금룡왕인 듯한 인물은 푹신한 대사의에 피묻히듯 앉아 있고 오른쪽에 사십 대 남녀가 나란히 서 있었다.

그런데 사십 대 남녀는 무술을 연마한 듯 어깨에 검을 멘 모습이다.

설도공과 화용군은 태사의에 앉아 있는 인물에게 공손히 무릎을 꿇고 절을 올렸다.

"소인 설도공 전하를 뵈옵니다."

설도공은 예전에도 금룡왕을 두 차례 찾아온 적이 있었다. 물론 오늘처럼 뇌물로 바칠 선물을 잔뜩 갖고 왔었다.

천하 어디에서나 마찬가지지만 특히 황도인 북경에서는 관을 끼지 않고는 장사를 하기가 어렵다. 더구나 대규모 상단을 운영하자면 고관대작은 물론이고 황족까지도 연줄이 있어야만 한다.

설도공은 금룡왕 외에도 여러 황족과 고관대작을 알고 있으며 그들에게도 꼬박꼬박 뇌물을 상납하고 있다.

"일어나라."

금룡왕은 피곤하거나 지친 듯한 얼굴로 말했다.

일어난 설도공은 품속에서 금빛 봉투 하나를 꺼내 두 손으로 바쳤다.

"이것을……."

금룡왕 오른쪽의 남녀 중에 남자가 걸어와서 봉투를 가져다가 금룡왕에게 주자 그는 귀찮은 듯 손을 저었다.

"네가 봐라."

"네, 아버님."

남자, 즉 금룡왕의 장남 주기륭(朱基隆)은 봉투를 열어 안에 담겨 있는 전표의 액수를 확인했다.

"금 만 냥입니다."

"음."

황금 일만 냥이라는 어마어마한 뇌물이 굴러들어 왔는데도 금룡왕은 입가에 보일 듯 말 듯 희미한 미소를 짓고는 고개를 끄떡였다.

하지만 금룡왕의 영향력 덕분에 용군단은 그보다 백 배 더 막대한 이득을 올리고 있는 중이다.

금룡왕의 장남 주기륭이 봉투를 금합에 넣고는 설도공에게 다가왔다.

"차를 대접하겠네."

그만 이 방에서 나가자는 뜻이다.

그때 화용군이 금룡왕에게 슬쩍 전음을 보냈다.

[전하께서도 소인들과 같이 차를 나누시지요.]

금룡왕이 가볍게 놀라는 것 같더니 설도공과 화용군을 쳐다보았다.

　화용군이 예를 취하면서 다시 전음을 보냈다.

　[소인은 동명왕께서 보내셨습니다.]

　"오……."

　금룡왕이 기쁜 표정을 지으면서 나직한 탄성을 발할 때 화용군이 전음을 보냈다.

　[감시가 있습니다.]

　금룡왕은 아무 말 없이 고개를 끄떡였다. 그 역시 감시가 있다는 사실을 안다는 뜻이다.

　화용군이 금룡왕을 쳐다보았다.

　[조용한 장소가 있습니까?]

　감시를 피할 만한 장소를 말하는 것이다.

　금룡왕은 태사의에서 천천히 일어났다.

　"나도 차 한잔 마셔야겠다."

　어스름 저녁 무렵 북경 서쪽을 흐르는 영정하(永定河)에 화려한 유람선 한 척이 떴다.

　금룡왕이 갑자기 영정하 강변의 유명한 기루에 찾아왔고 그의 요청에 따라 기루의 유람선이 띄워진 것이다. 황족들이 영정하 강변의 최고급 기루를 찾거나 유람선을 띄우는 것은 자주 있는 일이다.

금룡왕부 휘하 십여 명의 호위무사가 금룡왕을 뒤따랐으며, 암중에는 남천왕의 수하들이 감시하고 있었지만 금룡왕은 호위무사들을 모두 떼어놓고 장남 주기룡 부부만 데리고 유람선에 올랐다.

물론 감시자들은 강변에서 멀어지는 유람선만 멀뚱히 바라보고 있을 뿐이다.

불을 환하게 밝힌 유람선에서는 음악과 노랫소리가 흘러나왔으며, 누대에는 술 마시는 사람들의 웃음소리가 와자하게 터져 나왔다.

그렇지만 누대에서 술을 마시고 있는 사람들은 용군단 북경지단 소속의 사람들이다.

금룡왕과 주기룡 부부는 유람선에 타자마자 어느 선실로 안내되었으며, 그곳에서 조용히 술을 마시면서 누군가를 기다리고 있는 중이다.

올해 육십팔 세인 금룡왕은 가장 강력하게 동명왕을 지지하는 인물이다.

금룡왕은 남천왕의 포악하고 잔인한 성격을 어려서부터 쭉 지켜봐 왔기 때문에 그가 황위에 오르면 어떤 일이 벌어지는지 불을 보듯이 환하게 예상하고 있다.

남천왕이 황제가 되는 즉시 황족들이 줄줄이 갖가지 누명을 쓰고 처형되거나 유배될 것이고, 백성들은 도탄에 빠져 허우적거릴 것이 뻔한 일이다.

금룡왕과 장남 주기룡 부부 얼굴에는 긴장과 기대의 표정이 역력하다.

금룡왕은 아까 낮에 금룡왕부에서 보여주었던 피곤에 지친 모습이 아니다.

척—

그때 문이 열리고 화용군의 모습이 나타났다.

금룡왕과 주기룡 부부는 화용군을 보며 반가운 표정을 지었다. 아까 그들은 금룡왕부의 은밀한 장소에서 차를 마시며 화용군의 설명을 간략하게 들었었다. 물론 감시 때문에 말을 한 사람은 화용군뿐이고 전음이었다.

실내로 들어선 화용군이 옆으로 비켜서자 뒤이어 동명왕과 천보가 조심스럽게 들어섰다.

"오……."

금룡왕은 벌떡 일어나 동명왕에게 다가갔다.

"유천……."

"숙부님……."

동명왕과 천보는 나란히 무릎을 꿇고 금룡왕에게 공손히 절을 올렸다.

"소질 유천 숙부님을 뵈옵니다."

동명왕의 목소리가 격동으로 가늘게 떨렸다.

"유천아… 천보도 왔구나… 어서 일어나라……."

금룡왕은 벌써부터 눈물을 흘리면서 두 사람을 잡고 손수 일으켰다.

그는 두 사람을 품에 안고는 감격해서 말을 잇지 못하고 한동안 눈물만 흘렸다.

주기룡도 동명왕과 굳게 포옹을 하며 울었다.

"형님… 살아계셨군요……."

화용군과 천보, 동명왕, 금룡왕, 주기룡 부부는 유람선의 선실에서 술을 마시면서 대화를 나누었다.

금룡왕은 동명왕과 천보를 만나서 반가운 것도 있지만 그보다는 화용군에게 더 많은 관심을 보였다.

그가 보기에 화용군은 용모나 키, 체구, 언행 어느 것 하나 나무랄 데 없이 완벽한 청년이라서 그가 누군지 몹시 궁금했다.

"화용군입니다."

화용군이 일어나서 금룡왕에게 공손히 허리를 굽히자 동명왕이 흐뭇한 얼굴로 소개했다.

"이 친구가 용군단 총단주입니다."

"뭐어?"

금룡왕은 자리에서 벌떡 일어설 만큼 크게 놀랐다.

"소질의 가족을 유배지에서 구해준 것도 이 사람이고, 이후 소질을 도와 세력을 모으는 등 물심양면 지원을 아끼지 않고 있는 것도 모두 이 친구입니다."

"저런……."

동명왕의 소개는 아직 끝나지 않았다.

"그리고 이 사람은 제 사위입니다."

"사위라고?"

금룡왕과 주기룡 부부는 화용군과 천보를 번갈아 쳐다보면서 놀라는 표정을 지었다.

금룡왕은 흐뭇한 얼굴로 고개를 끄떡였다.

"과연… 인중지룡에 절세가인이라… 최고의 조합이요 궁합이로다……!"

동명왕은 화용군에 대한 마지막 소개를 했다.

"그리고 이 사람은 탈명야차이기도 합니다."

"……."

이번만큼은 금룡왕이나 주기룡 부부 모두 너무 놀란 나머지 아무 말도 하지 못하고 멍한 얼굴로 화용군을 쳐다보면서 눈만 껌뻑거렸다.

대저 탈명야차가 누군가. 천하를 통틀어서 남천왕에게 대적하고 있는 유일무이한 존재가 바로 그다.

그리고 남천왕의 외아들 승명왕자 주고흔를 죽였으며, 지금껏 일일이 다 설명할 수 없을 정도로 남천왕에게 많은 타격을 입힌 사람이 탈명야차인 것이다.

"아……."

자리에 앉았던 금룡왕은 다시 일어나 서 있는 화용군의 두 손을 잡고 진심 어린 표정을 지었다.

"고맙네… 정말 고맙네……."

금룡왕이 화용군에게 무엇을 고맙다고 하는지는 구태여 설명하지 않아도 다 알고 있다.

만약 화용군의 고군분투가 아니었다면 남천왕이 더 빠른 시기에, 그리고 더욱 확고한 세력을 구축했을 것이 거의 분명하기 때문이다.

금룡왕은 동명왕을 보면서 찬탄을 터뜨렸다.

"자네는 천군만마를 얻었구나."

화용군과 동명왕, 금룡왕은 정말 많은 대화를 나누었으며 몇 가지 중요한 결정을 내렸다.

그 대화들을 하나로 뭉뚱그린다면 금룡왕과 그를 따르는 황족들이 이후 동명왕을 무조건적으로 지지하여 그를 황제에 옹립하겠다는 것이다.

진지한 대화가 소강상태에 접어들고 다들 편안한 대화를

주고받으며 화기애애하게 술잔을 기울였다.

"궁금한 게 있는데……."

아까부터 화용군에게서 시선을 떼지 못하고 있던 주기룡이 마침내 용기를 내서 입술을 뗐다.

"자네 무위가 어느 정도인가?"

주기룡은 황궁무술을 이십여 년 이상, 부인은 십오 년쯤 배웠기에 자신들의 무위에 대해서는 어느 정도 자부심을 갖고 있는 편이다.

그렇다고 해서 자신들이 화용군보다 고강할 거라는 오만방자한 생각은 추호도 하지 않았다.

다만 세상에서 하도 탈명야차에 대해서 떠들기 때문에 과연 그의 무공이 어느 정도인가 하고 같은 무인으로서 궁금하게 여길 뿐이다.

화용군이 뭐라고 말을 해야 할지 난감해하니까 천보가 총명하게 눈을 빛내며 그에게 물었다.

"얼마 전에 용 대가께서 공동파 장로 현광검을 죽였죠?"

"그렇소."

화용군은 천보에게 평소 하대를 하지만 모두들 있는 자리에서는 예의를 갖추었다.

"현광검을 죽인 사람이 자네였다는 말인가?"

"오오… 그자를 죽인 게 자네였다니!"

금룡왕과 주기룡 부부는 크게 놀라 안색이 변했다.

천보는 배시시 미소 지으며 화용군에게 물었다.

"용 대가는 현광검과 몇 합이나 겨루었나요?"

"몇 합이랄 것도 없었소. 일 초식에 그가 그만 죽어버렸소."

"그랬군요."

천보는 고개를 끄떡이고 나서 어떠냐는 듯이 주기룡을 바라보았다.

"이 정도면 용 대가의 무위를 짐작할 수 있겠어요?"

"굉장하군."

주기룡과 부인은 눈을 크게 뜨고 놀라워했다. 남천왕의 주구 노릇을 하던 공동파 장로 현광검이 죽었다는 소문은 성내에 파다해서 주기룡 부부도 알고 있었지만, 설마 화용군이 단일 초식에 죽였을 줄은 상상도 못했었다.

구대문파의 하나인 공동파의 장로를 단 일 초식에 죽일 수 있을 만한 고수가 과연 무림에 몇 명이나 있겠는가.

주기룡은 자신이 현광검과 싸우면 과연 몇 초식이나 견딜 수 있을 것인가 생각해 보고는 고개를 절레절레 저었다.

십 초식, 아니, 오 초식을 견디면 잘하는 것일 게다. 그러니 화용군의 무위가 어떨지 상상이 갔다.

그때 화용군을 주시하고 있던 중인은 그의 표정이 가볍게 굳어지는 것을 보았다.

화용군 맞은편에 앉아 있는 주기룡이 뭔가 심상치 않음을 느끼고 물어보려 하는데 화용군이 손가락을 입에 대고 말하지 말라는 시늉을 해 보였다.

화용군은 방금 외부에서 이상한 소리를 감지했지만 순간적으로 그것이 무엇인지는 알아채지 못했다.

그러나 잠시 침묵하는 동안 그 소리가 또 들렸으며, 이번에는 그것이 물속에서 누군가 거품을 일으키는 소리라는 것을 알아냈다.

강물 속에서 자연적으로 거품이 일어나는 것일 수도 있겠지만 지금 같은 상황에서는 그런 것마저도 그냥 지나칠 수가 없다.

강물 위에 떠 있는 유람선이 한곳에 오래 머물러 있는 것도 아니고 하류로 항해를 하고 있는데도 불구하고 두 번 세 번 거듭해서 거품이 생긴다는 것은 누군가 물속에서 염탐을 하고 있는 것이며, 그자가 살수, 즉 혈명단의 혈명살수가 분명하다고 화용군은 판단했다.

그는 밖으로 나가기 전에 혈명살수가 은둔하고 있는 정확한 위치와 몇 명인지를 알아내기 위해서 칠 성의 공력을 끌어올려 청력을 돋우었다.

후우우…….

그러자 그의 모습은 변함이 없는데 앉아 있는 그의 주변 공기가 은은하게 격탕하면서 아지랑이 같은 가물가물한 기류가 형성되었다.

모두들 그가 염탐자에 대해서 감지하려는 것인 줄 짐작하고 뚫어지게 주시하고 있다가 그런 광경을 보고는 감탄을 금하지 못했다.

또한 단단한 표정을 짓고 있는 그의 눈에서는 불그스름한 안광이 으스스하게 뿜어져서 앞쪽에 앉은 금룡왕과 주기룡 부부는 부지중에 꿀꺽 마른침을 삼켰다.

슥—

[잠깐 앉아계십시오.]

이윽고 화용군은 염탐자의 정확한 위치를 알아내고는 공력을 걸고 일어서며 모두에게 전음을 보냈다.

선실 밖으로 나온 그는 잴 것도 없이 뱃전을 훌쩍 넘어서 강물 속으로 추호의 기척도 없이 스며들었다.

강물 속으로 잠수한 그는 쏜살같이 배 아래로 미끄러지듯이 유영했다.

스우우…….

그가 뾰족한 배 밑바닥 아래를 지나서 반대편으로 넘어가자 두 명의 흑의인이 배의 중간쯤 비스듬한 부위에 매달려 있는 모습이 보였다.

하지만 그가 발아래에서 접근하기 때문에 그의 존재를 전혀 모르고 있었다.

두 흑의인은 갈고리를 배에 길고 길고리에 연결된 줄로 몸을 묶은 상태에서 매달려 있는데 대롱처럼 길쭉한 것을 귀에 대고 있는 모습이다.

두 명의 흑의인은 캄캄한 강물 속 배 밑바닥 너머에서 사람이 나타날 줄은 꿈에도 예상하지 못한 채 대롱을 통해서 전해져 오는 유람선 안의 여러 소리를 감청하는 일에 푹 빠져 있었다.

그들은 아마도 귀식대법(龜息大法)으로 호흡을 중단한 상태인 것 같은데 살수들에게 귀식대법은 밥 먹는 것보다 쉬운 일이다.

화용군은 그들의 뒤쪽에서 천천히 떠오르다가 양손을 들어 그들의 사혈을 찍어 즉사시켰다.

퉁!

열 호흡 만에 다시 선실로 돌아온 화용군은 물에 흠뻑 젖은 두 흑의인을 바닥에 내려놓았다.

긴장한 상태로 화용군이 돌아오기만을 기다리고 있던 사람들은 실내 바닥에 축 늘어진 두 흑의인을 보고 크게 놀라 눈을 휘둥그렇게 떴다.

"이자들은 누군가?"

"혈명단의 살수인 것 같습니다."

주기륭의 물음에 화용군이 슬쩍 공력을 일으켜서 젖은 옷
과 몸을 말리며 대답했다.

후우우…….

중인들은 죽은 두 흑의인보다 화용군이 공력으로 옷과 몸
을 말리는 광경에 더 놀라워하며 신기한 듯 쳐다보았다.

무슨 생각을 했는지 금룡왕은 죽은 두 흑의인을 미간을 찌
푸린 채 굽어보았다.

"벌써 날 죽이러 온 건가?"

"염탐일 겁니다."

"염탐?"

순식간에 옷과 몸을 말린 화용군이 대답하자 금룡왕은 의
아한 표정을 지었다.

"이들은 평상시에 전하를 감시하는 임무를 띠고 있을 겁니
다. 전하께서 이곳으로 출타를 하시니까 미행해서 염탐을 하
고 있었던 것 같습니다."

주기륭이 난감한 표정을 지었다.

"그렇다면 이들을 죽이는 건 좋지 않을 것 같은데……."

남천왕부에서 감시자가 죽은 것을 알면 금룡왕을 의심할
것이기 때문이다.

화용군은 진중한 표정을 지으며 설명했다.

"제가 봤을 때 이들은 우리의 대화를 이미 엿들은 것 같았습니다."

"어떻게 그럴 수가 있는 건가?"

화용군은 두 흑의인이 대롱 같은 것을 배에 대고 소리를 감청하고 있더라는 것을 설명했다.

"그렇다면 우리 대화를 들었을 것이라고 봐야겠군. 이들을 죽인 것은 어쩔 수 없는 일이야."

금룡왕은 고개를 끄떡이고 나서 두 팔을 벌려 보였다.

"자, 그렇다면 이제 우리가 어떻게 대처해야 할지에 대해서 의논해 보세."

늦은 밤. 금룡왕의 유람이 끝나고 나서 동명왕과 천보는 다시 총단선으로 돌아갔으며, 금룡왕과 주기룡 부부는 금룡왕부로 돌아갔다.

화용군은 북경 성내의 소요원으로 돌아왔다가 새벽에 그곳에 찾아온 네 사람을 만났다.

그들 네 명은 얼마 전에 북경을 떠나 자파로 향했던 사대문파의 장로다.

그들은 개봉에서 동명왕을 직접 만나고는 전력을 다해서 돕기로 철석같이 맹세를 하고, 다시 발길을 돌려 북경으로 돌아온 것이다.

물론 그들은 변복을 했으며 각자 따로 행동을 하여 소요원에 집결했다.

네 명의 장로가 이끌던 사대문파의 제자들은 총단선에 타고 있으며, 총단선은 북경과 제남 사이의 바다를 오가고 있으므로 언제라도 출동이 가능한 상태다.

소요원의 깊숙한 곳에 위치한 전각에 불이 밝혀 있다.

아직 날이 밝기 전인 이른 새벽에 소요원의 숙수들이 서둘러 준비한 식사를 하면서 화용군과 사대문파 장로들은 긴밀한 밀담을 나누고 있다.

"용군아, 무엇 때문에 우리를 급히 되돌아오라고 한 것이냐?"

무당파 장로 우령진인이 화용군에게 물었다. 그는 화용군을 사질로서 대하고 있다.

사대문파 장로들은 총방교 직속의 개방 제자로부터 화용군이 직접 쓴 서찰을 받아서 읽고는 즉시 발길을 돌려 다시 북경에 온 것이다.

하지만 화용군은 내용이 매우 중요해서 서찰에는 자세하게 적지 않았었다.

"황제께서 승하하셨습니다."

화용군은 아직 몇몇 사람만 알고 있는 황제 승하라는 사실로 말문을 열었다.

전혀 예상하지 못했던 뜻밖의 사실에 해연히 놀리는 네 명의 장로에게 화용군은 황제가 승하했다는 것과 그 사실을 남천왕이 비밀에 부치고 행동을 개시했으며, 이후 화용군과 동명왕, 금룡왕이 만나서 나눈 대화와 결론에 대해서 자세하게 설명했다.

"결국……."

화용군의 설명이 끝나자 곤륜파의 장로 운룡자(雲龍子)가 그 말만 했을 뿐 다들 한동안 무거운 침묵을 지켰다. 하지만 속으로는 많은 생각이 교차했다.

"아미타불… 노납들이 동명왕 전하를 만난 이후에 있었던 일에 대해서 알려주겠네."

소림사 장로 혜광선사(慧光禪師)가 한참 만에 무거운 불호와 함께 입을 뗐다.

"본 파와 무당, 아미파는 장문인으로부터 동명왕 전하를 전폭적으로 지지한다는 약속을 받았네."

곤륜파 운룡자가 말을 이었다.

"소림과 무당, 아미파는 가까워서 전서구를 띄우면 한나절만에 답장을 받을 수 있지만 곤륜산은 워낙 멀어서 전서구를 보낼 수가 없었네."

화용군은 고개를 끄떡이며 그의 다음 말을 기다렸다.

"그렇지만 노도는 장문인이 노도에게 준 권한으로 동명왕 전하를 돕겠다고 결정했네. 그리고 노도는 모든 내용이 담긴 서찰을 제자에게 주어 장문인에게 보내 도움을 청했는데, 모르긴 해도 장문인께서 노도의 결정을 쌍수를 들어 환영할 것임을 확신하네."

화용군과 각별한 관계인 우령진인이 결론적으로 말했다.

"무당, 소림, 아미파의 장문인들께선 남천왕을 돕기로 한 오대문파 장문인들을 직접 찾아가서 남천왕에게서 손을 떼라고 설득하기로 했다."

화용군은 반색했다.

"그렇습니까?"

"남천왕을 돕기로 한 것은 어디까지나 오대문파 장로들의 결정이었으니까 장문인이 번복한다면 장로들은 따를 수밖에 없을 것이네."

"가능성이 있습니까?"

"반반이야."

"그렇군요."

우령진인의 표정이 진지해졌다.

"청성과 점창 장문인은 본 파와 같은 도가이고 본 파 장문인과 막역하니까 설득하면 될 테고, 화산파 장문인은 아미파 장문인과 절친하니까 가능성을 열어두고 있지만, 공동파와 종남파는 장담할 수 없다."

아미파 장로 적하신니(赤霞神尼)가 젓가락으로 톡톡 탁자를 두드리며 말했다.

"청성과 점창, 화산파까지 우리 쪽으로 넘어오면 공동과 종남으로선 견딜 수가 없을 거예요. 구대문파 중에서도 세력이나 명성이 가장 왜소한 두 파만으로 과연 무엇을 할 수 있겠어요?"

사십이 세에 아미파 장로에 올랐을 정도로 경륜과 무공의 조예가 높은 적하신니는 현재 사십오 세로서 구대문파 수십 명의 장로 중에서 가장 나이가 적다.

그녀는 불가의 제자이면서도 성격이 급하고 직선적이며 불의를 보고 절대로 참지 못하는 불같은 성격을 지니고 있는 것으로 유명하다.

운룡자가 고개를 크게 끄떡이며 동조했다.

"성공해도 실패해도 공동과 종남은 무림의 지탄을 면하지 못할 걸세. 그들도 당연히 그런 생각을 할 테니 섣부른 판단은 내리지 못할 게야."

화용군은 자리에서 일어나 정중하게 포권을 하며 크게 치하했다.

"이번에 네 분께서 큰일을 하셨군요. 감사드립니다."

"헛헛! 뭘 그런 걸 가지고……."

"하하핫! 당연히 해야 할 일인데 뭘 그러나?"

네 명의 장로는 화용군의 감사와 예의 바름에 흡족한 웃음을 터뜨렸다.

네 명의 장로에게 정중하게 예절을 차리고 있는 화용군은 그렇지 않아도 요즘 자신이 많이 변하고 있다는 사실을 절감하고 있는 중이다.

그 이유는 아마도 황족인 동명왕 부부와 자주 만나다 보니까 예의범절을 차리게 되고, 또 천보와 한련 두 여자하고 부부처럼 지내는 사이에 오랫동안 망각하고 지냈던 인성(人性)이라는 것을 차츰 회복하고 있기 때문인 것 같다.

얼마 전까지만 해도 그는 피에 굶주린 야차에 다름 아닌 거칠고 흉포한 삶을 살았었는데 지금은 그랬던 것이 까마득한 옛날 일처럼 여겨졌다.

하지만 그런 성격은 언제라도 기회가 되면 폭발할 것이다. 잔인함은 길들여지는 것이 아니다.

우령진인이 화용군을 보며 두 팔을 벌려 보였다.

"용군아, 이제부터 우리가 무엇을 해야 하는지 말해다오."

제62장

———

역함정

화용군은 우령진인을 비롯한 사대문파 장로들을 은밀히 금룡왕에게 소개했으며, 우령진인과 무당팔검, 그리고 육십여 명의 무당고수로 하여금 금룡왕과 가족들을 호위하게 조치를 취했다.

　　그리고 곤륜파의 운룡자와 소림사의 혜광선사, 아미파의 적하신니 등 삼파(三派)는 금룡왕을 지지하는 황족 중에서 중요한 인물들을 호위하라고 분산 배치했다.

　　일단 그 정도면 남천왕이 금룡왕을 비롯하여 삼 할의 황족들을 암살하려는 것을 급한 대로 저지할 수 있을 것이다.

그래도 두 개의 문제가 남았다. 그중 하나는 금룡왕과 황족들을 호위하는 사대문파 장로와 고수들이 감시자들의 이목에 걸리지 않도록 변장과 은신을 제대로 해야 하는 일이다.

그리고 또 하나는, 남천왕이 금룡왕 등 회유하지 못한 황족에 대한 암살이 실패하면 아예 공개적으로, 그리고 대대적인 공격을 개시할 것이라는 사실이다.

그런 상황에 처하기 전에 화용군으로서는 철저한 대책을 세워야만 한다.

화용군은 이건 함정이 분명하다고 생각했다.

오늘 밤 감태정이 남천왕부를 나와서 자금성 북쪽에 있는 호수 하화지(荷花池) 한복판에 있는 균천루(鈞天樓)라는 기루에서 연회를 베푼다는 것이다.

그런 소문이 파다한 것은 아니지만 개방, 즉 총방교를 통해서 화용군에 귀에 들어왔다. 그렇다는 것은 아주 극비 사항은 아니라는 뜻이다.

총방교와 방방은 감태정이 화용군을 끌어들이려는 함정인 것 같다면서 그에게 가지 말 것을 당부했다.

하지만 화용군으로서는 그냥 지나치기가 어려웠다. 이런 기회가 아니면 남천왕부에 꼭꼭 숨어 있는 감태정을 볼 수 있는 기회가 거의 없기 때문이다.

그래서 화용군은 이것이 함정이라는 전제하에 나름대로 철저한 준비를 갖추기로 마음먹었다.

제남 대명제관 동쪽 귀퉁이 절벽 위에 위치한 구주무관은 곳곳이 한창 공사가 진행 중이다.

동명왕의 호위고수, 즉 동명고수 다수가 남아서 무공수련을 하는 동시에 수련생들을 모집하여 가르치면서 구주무관을 운영하고 있다.

동명고수들이 구주무관을 운영하는 가장 큰 이유는 이곳이 동명왕부라는 사실을 노출시키지 않으려는 것이다.

그렇지만 이제는 수련생 수가 오십여 명에 이르게 되어 어엿한 무도관의 형태를 갖추자 동명고수들은 수련생들을 가르치는 일에 신바람이 났다.

덜그럭…….

구주무관 진입로 산 아래에 한 대의 수레가 당도했다.

수레에는 일남일녀가 타고 있으며 둘 다 농사꾼으로 보였으며 수레 뒤쪽에 커다란 대나무 바구니에 여러 농산물이 가득 담겨 있었다.

원래 산 아래에서 구주무관까지는 좁은 오솔길이었으나 지금은 마차나 수레가 올라갈 수 있도록 길을 넓히는 확장 공사가 진행 중이지만 아직 완공되지는 않았다.

일남일녀는 수레에서 내려 확장 공사를 하느라 부산한 언덕길 위쪽을 기웃거렸다.

남자는 짧은 수염을 기른 평범한 용모의 이십오륙 세 정도이고, 여자는 십팔구 세의 나이에 농사꾼 행색이지만 눈이 번쩍 뜨일 정도의 뛰어난 미모를 지닌 소녀다.

"같이 갈까?"

청년이 말하자 소녀는 고개를 저었다.

"혼자 갔다 오겠어요."

말하고는 소녀는 수레를 떠나 공사가 진행 중인 언덕길을 오르기 시작했다.

잠시 후에 소녀는 구주무관 전문 앞에 이르렀다. 그녀는 예전에 비해서 전각이 많아지고 높고 튼튼한 담까지 생겨서 몰라보게 달라진 구주무관의 여기저기를 감회 어린 표정으로 둘러보았다.

그녀가 활짝 열린 전문 안으로 조심스럽게 들어가 보자 여기저기에서 수련생들이 무술수련을 하는 광경이 시야에 들어왔다.

"아……."

그 광경을 보고 소녀는 두 손을 가슴에 모으고 잔뜩 희망에 들뜬 표정을 얼굴 가득 지었다.

그녀는 이끌리듯 한 걸음 한 걸음 깊숙이 들어갔다.

"어쩌면 사형이 구주무관을 재건한 것인지도 몰라. 사형이 살아계신 게 분명해."

그렇지만 그녀는 곧 관제무사 복장의 한 중년인의 제지를 받았다.

"그대는 무슨 일로 본관에 찾아온 것인가?"

"저는……."

소녀는 깜짝 놀랐으나 용기를 내서 말했다.

"혹시 이곳에 화용군이라는 사람이 있나요?"

그녀는 너무 긴장한 나머지 숨이 끊어질 것 같은 표정이다.

중년인은 엄한 표정으로 언성을 높였다.

"그런 사람은 없다! 썩 물러가라!"

"네?"

소녀는 눈을 동그랗게 뜨고 마치 낭떠러지에서 밧줄을 원하는 듯한 표정으로 다시 물었다.

"정말인가요? 화용군이라는 분이 이곳에 안 계신 게 분명한가요?"

"그런 사람은 없다고 몇 번이나 말해야 하느냐? 당장 꺼지지 않으면 혼쭐을 내주겠다!"

"아……."

소녀는 힘없이 돌아서 전문을 향해 비틀거리면서 걸어갔다.

방금 소녀를 쫓아낸 관제무사, 즉 동명고수가 돌아서는데 동료 한 명이 다가와 물었다.

"무슨 일인가?"

"웬 시골 아이가 화 대인을 찾더군."

"시골 아이가?"

"화 대인을 귀찮게 할 것 같아서 쫓아버렸네."

"잘했네."

두 사람은 대화를 하면서 한쪽으로 걸어갔다.

소녀는 어떻게 언덕을 내려왔는지 모를 정도로 정신이 황폐한 상태다.

언덕 아래 수레 옆에서 이제나저제나 기다리고 있던 초조한 얼굴의 청년은 소녀가 비틀거리면서 하염없이 눈물을 흘리는 모습을 발견하고 한달음에 달려갔다.

"소예!"

"으흐흑……."

소녀는 참았던 오열을 터뜨리며 청년에게 안겼다.

"으흐흑흑… 사형이 없어요……."

"그랬구나……."

청년은 소녀를 부축하여 위로하면서 수레에 태우고 일단 수레를 출발시켰다.

덜그럭… 덜거……

수레는 낡은 소리를 울리면서 해송이 그득한 숲 사이를 지나 대명호 호숫가 길 위를 굴러갔다.

"흑흑흑… 사형이 없대요……"

소녀 단소예는 구주무관이 있는 언덕 위쪽을 쳐다보다가 다시 고꾸라지듯 무릎 사이에 얼굴을 묻으며 흐느꼈다.

예전에 그녀는 혈명단이 구주무관을 급습했을 때 중상을 입고 겨우 도주했었다.

어디로 도망치는지도 모르는 채 밤낮으로 달리다가 쓰러져서 혼절한 곳이 제남에서 백여 리나 멀리 떨어진 어느 산골 마을이었다.

아침 일찍 밭일을 하러 나왔던 청년이 다 죽어가고 있는 단소예를 발견하여 집으로 데려갔으며, 가난한 살림에 의원을 모서 와서 그녀를 치료하게 했다.

그녀의 상처는 너무도 위중해서 걷게 되는 데만 무려 일 년이나 걸렸었다.

홀어머니를 모시고 사는 청년은 단소예를 지극정성으로 치료하고 돌보면서 일 년 가까이 그녀의 대소변을 다 받아냈을 정도였다.

이 년이라는 세월이 흐르는 동안 청년은 단소예를 깊이 사랑하게 되었으며, 단소예 역시 자신의 생명을 구해주고 또 헌신적인 그에게 호감을 갖게 되었다.

하지만 단소예는 십육 세의 나이 때 자신과 혼인하기로 약속한 화용군을 죽어도 잊을 수가 없었다.

청년 전무병(專貿炳)은 묵묵히 수레를 몰아 성내로 들어가면서 착잡한 마음을 감추지 못했다.

만약 단소예가 구주무관에서 화용군을 만났더라면 전무병은 그녀를 놔두고 혼자 수레를 타고 이백여 리 떨어진 집으로 돌아갔을 것이다.

"가가."

그런데 그때 단소예가 눈물을 닦고 해말간 얼굴로 그를 바라보며 불렀다.

전무병이 수레를 몰면서 쳐다보자 단소예는 그의 손을 꼭 잡으면서 다정하게 말했다.

"구주무관에 갔던 것은 사형의 생사가 궁금하기 때문이었어요. 만약 사형이 살아계신 것을 확인했더라면 저는 홀가분하게 집으로 돌아갈 수 있었을 거예요."

전무병은 의아한 표정을 지었다.

"집으로?"

"네, 우리 집에요."

"거기가 어딘데?"

단소예는 눈을 동그랗게 뜨고 다 알면서 그런다는 표정을 지었다.

"어머니께서 기다리시는 벽향촌(僻鄕村) 우리 집이지 어디긴 어디예요?"

"아……."

전무병 얼굴이 환해졌다. 벽향촌은 그가 태어나서 지금껏 살고 있는 고향집이 있는 마을 이름이다.

신바람이 난 전무병은 잘 가고 있는 소 등짝에 괜히 회초리질을 했다.

짜악!

"워뎌뎌뎌! 이놈의 소가!"

소걸음이 더디기만 했다.

술시(밤 8시경) 무렵. 화용군은 하화지로 향하고 있다.

그는 지금처럼 초긴장 상황일 때 감태정의 함정으로 뛰어드는 것이 과연 잘하는 일인가 곰곰이 생각했지만 결국 부딪치는 쪽으로 결정을 내렸다.

남천왕도 원수지만 감태정도 원수다. 그중 한 명을 죽일 수 있는 기회를 놓치고 싶지 않은 것이다.

감태정이 연회를 베푼다는 균천루 안에서는 함정에 빠지

든 어떤 어려운 상황에 처하든 해결할 자신이 있다.

화용군은 감태정이 균천루에서 연회를 연다는 정보를 이틀 전에 방방을 통해서 알게 되었다.

그래서 그는 나름대로 함정을 깨뜨릴 만반의 준비를 갖추었다. 함정이라는 사실을 미리 알고 그것을 깨뜨린다면 역함정을 만들 수 있다. 즉, 감태정을 함정에 빠뜨리는 것이다.

화용군은 이번 일을 혼자서 처리할 수 없다는 판단을 하고 제남 천도무관과 대풍보에 도움을 청했다.

대명제관의 천도무관을 비롯한 이십팔 개 무도관과 대풍보는 무조건적으로 화용군을 지원하겠다고 금석처럼 맹세했기 때문에 그의 부탁에 즉각 고수들을 북경에 파견했다.

대명제관에서는 각 무도관에서 열 명씩 총 이백칠십 명을, 대풍보에서는 일류고수로 삼백 명을 보내와 어젯밤에 북경성 밖에서 화용군과 접촉했다.

화용군은 그들 오백칠십 명을 성내로 불러들여 일단 용군단 북경지단에 머물게 했다가 이곳으로 오기 전에 균천루 주변에 그들을 모두 적시적소에 배치했다.

화용군이 자금성 서쪽에 있는 호수 북해를 돌아서 하화지 쪽으로 걸어가고 있을 때 어떤 사내가 그의 왼쪽으로 나란히 걸으면서 전음을 보냈다.

[화 대협이오?]

화용군은 그를 힐끗 쳐다보았다. 삼십 대 중반의 후리후리
한 큰 기에 짧은 수염을 기른 강인하게 생긴 청년이다. 그는
적의라고는 전혀 없는 담담한 표정으로 화용군을 마주 바라
보았다.

[그렇소. 누구요?]

[금룡왕 전하께서 귀하를 만나보라고 하셨소.]

[누구냐고 물었소.]

화용군은 표정의 변화가 전혀 없다.

[동창(東廠) 태감(太監) 덕후(德候)라고 하오.]

'동창……'

화용군은 예상하지도 않았던 인물을 만나서 적잖이 놀랐
으나 내색하지는 않았다.

두 사람은 일행인 것처럼 나란히 걸었다.

[잠시 얘기를 나눌 수 있겠소?]

[나는 볼일을 보러 가는 길이오.]

화용군은 감태정의 일을 사대문파 장로들에게만 말했다.
만약 그에게 무슨 일이 벌어지면 그들이 거기에 대응해야 하
기 때문이다.

황궁에는 동창과 서창(西廠), 황궁호위대(皇宮扈衛隊)라는
세 개의 특수조직이 있다.

그중에서 동창과 시창은 황궁십이감(皇宮十二監), 통칭 황궁특감(皇宮特監)으로 불리는 열두 개의 조직 중 하나이고, 최고 우두머리는 태감총관(太監總管)이다.

태감총관은 환관들을 총지휘하고 있으며 십이태감의 우두머리이기도 하다.

[노공(老公)께서 날 보내셨소.]

화용군은 움찔 놀라 걸음을 뚝 멈췄다가 다시 걸었다. 태감총관을 달리 '노공'이라고도 부른다.

황궁십이감의 최고 우두머리가 동창 태감 덕후에게 화용군을 만나러 보냈다는 것이다.

[감태정이라고 아시오?]

화용군은 걸으면서 뜬금없이 불쑥 물었다.

[아오.]

[지금 균천루에 그자를 죽이러 가는 길이오. 관심 있으면 같이 가도 괜찮소.]

덕후는 잠시 말없이 걷다가 불쑥 물었다.

[함정이오?]

[왜 그렇게 생각하오?]

[감태정이라면 남천왕의 최측근인데 함부로 균천루 같은 곳에서 술을 마실 리가 없소.]

[흠.]

[또한 귀하가 그가 있는 곳을 알고 있을 정도라면 그가 일부러 정보를 흘렸을 수도 있다는 뜻이오. 그러므로 균천루는 함정이고, 귀하는 함정인 줄 알면서도 그를 죽이러 가는 것 아니겠소?]

화용군은 덕후의 예리함에 적이 감탄했지만 여전히 내색하지 않았다.

황궁십이감의 최고 우두머리인 태감총관이 남천왕에게 적대하고 있다는 사실은 알지만 그가 적인지 아닌지를 정확하게 알기 전에는 친구라고 할 수가 없다.

[우리 균천루에서 잠시 대화를 나눌 수 있겠소?]

[그래서 어쩌자는 것이오?]

[만약 얘기가 잘되면 귀하가 감태정을 죽일 때 나도 돕겠소. 필요하면 동창고수들을 부르겠소.]

[그들을 부르면 시간이 걸릴 것이오.]

덕후는 흐릿하게 웃었다.

[동창 태감은 혼자 다니지 않소.]

화용군은 아무런 무기도 지니지 않은 그를 새삼스럽게 슬쩍 쳐다보았다.

화용군은 덕후가 네 편 내 편을 떠나서 매우 호감이 가는 사내라는 생각이 들었다.

탈명야차의 전신(傳信·초상화)은 거리 곳곳에 빼곡히 붙어 있지만 진짜 화용군의 모습과 조금이라도 비슷한 것은 하나도 없다.

그의 진면목을 아는 사람이 별로 없거니와 알아도 몇 년 전 모습이라서 제대로 전신을 그릴 수 없는 것이다.

그런 상황이라서 화용군이 눈에 띄는 모습이나 행동만 하지 않는다면 거리에서 거의 주목을 받지 않는다.

다만 그가 워낙 잘생긴 미남이라서 아무리 수염을 덥수룩하게 길렀다고 해도 사람들의 눈길이 저절로 머무는 것까지는 어쩔 수가 없는 일이다.

하화지 가장자리에 기다란 운교(雲橋)가 호수 안쪽으로 뻗어 있고, 그 끝에 팔 층의 높고 거대한 균천루가 웅장하게 자리를 잡고 있다.

십여 개의 굵은 기둥 위에 얹혀 있는 균천루의 맨 아래층은 둘레가 오십여 장에 이를 만큼 컸다.

이 층은 그보다 조금 작았고, 위로 올라갈수록 조금씩 더 작아지는 형상이다.

감태정이 연회를 연다고 하지만 균천루는 여느 날이나 다름없이 손님들로 붐비고 있었다.

"어서 오세요, 두 분."

화용군과 덕후가 십오 장 길이의 운교를 건너 균천루 입구에 이르자 한 명의 늘씬한 체구에 긴 치마를 입은 여인이 미소를 지으며 반갑게 맞이했다.

"예약하신 징(鄭) 상공이시죠?"

여인의 물음에 화용군은 단지 고개만 끄떡였다.

"오르시지요. 육 층이에요."

여인은 화용군과 덕후를 계단으로 안내했다.

화용군은 균천루에 미리 예약을 하지는 않았다. 균천루가 용군단 소유이기 때문에 구태여 그럴 필요가 없다.

여인은 사실 용군단의 무사조직인 용무대의 소대주로서 얼마 전 용군단 소유인 북경제일루 천화각에서 화용군의 무위를 시험해 본다고 깝죽거리다가 된통 혼난 적이 있었던 바로 그녀다.

그녀가 이번 '감태정 주살' 작전에 화용군을 안내하는 역할을 맡았을 줄은 그도 몰랐다.

몸에 찰싹 붙는 긴 치마를 입은 그녀는 치맛자락이 끌리지 않게 하려고 두 손으로 잡은 채 계단을 오르는데, 치마가 워낙 몸에 달라붙은 탓에 화용군 얼굴 앞에서 탐스러운 궁둥이가 좌우로 출렁이듯 씰룩였다.

[총단주, 놈은 아직 오지 않았습니다.]

앞서 계단을 오르는 소대주 공매(貢梅)는 자신의 바로 뒤에서 뒤따르는 화용군을 슬쩍 뒤돌아보며 전음을 보냈다.

맨 뒤에 따르고 있는 딕후는 공매가 화용군에게 전음을 보내는 것을 눈으로 보고 그녀가 화용군의 방조자일 것이라고 짐작했다.

공매가 다시 뒤돌아보며 전음을 보냈다.

[그렇지만 감태정이 예약한 방 주변 세 개의 방에 놈의 수하 삼십 명이 숨어 있어요.]

[삼십 명이 전부냐?]

화용군의 물음에 공매가 대답하려고 뒤를 돌아보는데 그때 마침 위에서 내려오는 대여섯 명의 손님 중에 선두가 그녀와 어깨가 툭 부딪쳤다.

"아……."

화용군을 뒤돌아보려고 상체를 뒤틀고 있던 그녀의 몸이 기우뚱 뒤로 자빠졌다.

척—

아래에서 뒤따르던 화용군은 슬쩍 왼손을 내밀어 그녀가 쓰러지는 것을 막았다.

그런데 급히 손을 뻗다 보니 그가 활짝 펼친 손바닥으로 그녀의 탱탱한 둔부를 떠받드는 모양새가 되었다. 더구나 쓰러지는 와중에 둔부를 받쳤기 때문에 그녀는 허리가 뒤로 꺾여서 상체가 활처럼 굽었다.

공매는 당황해서 급히 몸을 똑바로 했다.

"죄… 송해요."

화용군과 덕후는 육 층의 어느 방에 자리를 잡았다.

활짝 열어놓은 창밖을 통해서 하화지에 떠 있는 아담한 크기의 유람선 십오륙 척이 불을 밝히고 주흥이 도도한 광경이 한눈에 굽어보였다.

"제가 모시겠어요."

공매는 하녀들이 술과 요리를 다 차리고 물러나자 마주 앉은 화용군과 덕후 사이에 살포시 앉았다.

공매는 일전에 화용군에게 까불다가 치도곤을 당했던 일과 조금 전 계단에서 쓰러질 뻔하다가 그의 손에 둔부를 떠받친 일 때문에 부끄러워서 그의 얼굴을 제대로 쳐다보지도 못했다.

척—

그때 방문이 열리고 흑의 경장 차림에 어깨에는 애검인 홍검을 멘 반옥정이 들어와 화용군을 향해 공손히 허리를 굽히며 말했다.

"늦었습니다."

그녀는 화용군의 지시로 하화지 근처에 대풍보와 대명제관 고수들을 배치하느라 조금 늦게 당도했다.

"앉아라."

공매는 화용군 왼쪽에, 반옥정은 오른쪽에 앉았다.

반옥정은 공매를 기녀라고 생각해서 입을 꾹 다물고 무표 정한 얼굴로 그녀를 주시했다.

화용군이 두 여자의 어색함을 풀어주기 위해서 서로의 신 분을 전음으로 알려주었다. 특히 그는 반옥정을 자신의 '분 신'이라고 소개했다.

공매는 균천루의 현재 상황에 대해서 전음으로 더 설명하 고는 화용군의 잔에 공손히 술을 따랐다.

화용군 등이 있는 곳 바로 아래층인 오 층에는 총 열다섯 개의 방이 있으며 그중 북쪽 창 쪽의 방에 감태정이 연회를 열 예정이고, 그 방 주위 세 개에 그의 수하 삼십여 명이 숨어 있는 상황이다.

화용군은 감태정이 심어놓은 고수가 그들 삼십여 명뿐이 라고는 생각하지 않았다.

감태정은 그 정도로 탈명야차를 잡을 거라고는 확신하지 못할 것이다.

화용군은 예전에 비해서 두 배 이상 고강해졌지만 감태정 은 그 사실을 전혀 모르고 있다.

하지만 화용군의 예전 실력만으로도 감태정을 겁먹게 하 기에 충분하다.

[자, 이제 얘기해 보시오.]

화용군은 술을 마시면서 느긋하게 덕후를 쳐다보았다.

덕후는 술잔을 들어 마시고는 전음을 보냈다.

[노공께선 누구를 도와야 할시 갈등하고 있소.]

'누구'라는 것은 남천왕과 동명왕을 가리킬 것이다.

[솔직히 노공은 남천왕을 돕고 싶지만 토사구팽(兎死狗烹) 당할 것을 염려하고 있소.]

화용군은 덕후를 똑바로 쳐다보면서 뜻밖이라는 표정을 노골적으로 지었다. 덕후가 몹시 솔직하기 때문이다.

[노공은 남천왕이 다음 대 황제에 오를 가능성이 높다고 생각하고 있소. 그렇지만 그를 도왔다가 토사구팽당할 것을 염려해서 어쩔 수 없이 동명왕을 돕는 방법을 모색하려는 것이오.]

화용군은 덕후가 솔직하게 나오자 자신도 솔직해야겠다고 생각했다.

[황궁의 세력은 어떻게 분할되었소?]

[황궁호위대는 완전히 남천왕 편이고 노공이 이쪽저쪽도 아니기 때문에 그 아래에 있는 황궁십이감은 어느 편도 들지 않는 상황이오.]

덕후는 술잔을 만지작거렸다.

[황궁 세력은 황궁호위대가 사 할, 동창이 삼 할, 서창 이 할, 나머지가 일 할을 차지하고 있소.]

태감총관을 끌어들이면 황궁 세력의 육 할을 동명왕 편으로 만들 수 있다는 뜻이다.

덕후는 화용군이 무엇을 생각하는지 짐작하고 그의 생각을 고쳐주었다.

[노공을 끌어들이면 황궁 세력 전체를 온전하게 장악할 수가 있을 것이오.]

화용군은 그의 말뜻을 즉시 알아들었다. 태감총관을 끌어들이면 그가 휘하의 세력 육 할을 움직여서 황궁호위대를 치고 황궁 전체를 수중에 넣겠다는 뜻이다.

화용군은 잠시 침묵을 지켰다가 덕후에게 물었다.

[귀하는 남천왕과 동명왕 중에 누굴 좋아하시오?]

[동명왕 전하요.]

덕후는 생각할 것도 없다는 듯 대답했다.

[태감총관은 귀하의 상전인데 그의 속셈을 내게 말해주는 것은 배신이 아니오?]

덕후는 피식 실소했다.

[원래 동창과 서창은 별직(別職)이라서 누구의 지휘도 받지 않소. 다만 위계상 태감총관 아래에 있는 것뿐이오.]

그러므로 태감총관은 자신의 상전이 아니라는 뜻이다.

[그렇군.]

공매가 화용군과 덕후의 잔에 계속 술을 따르고 있다.

[만약 황궁십이감이 동명왕 전하를 도와서 대사를 이루게 된다면 태감총관과 귀하는 무엇을 원하오?]

이것이야밀로 가장 중요한 쟁점일 수 있는 얘기인데 덕후는 이번에도 역시 즉답했다.

[노공은 태사(太師)가 되길 원하지만 나는 지금 이대로 만족하오. 바람이 있다면 동명왕 전하께서 황제에 즉위하시는 것뿐이오.]

태사는 내각 최고 우두머리로 정일품이며 위로는 황제 한 사람만 있는 말 그대로 일인지상만인지하의 막강한 지위다.

화용군은 무심하게 덕후를 응시하며 말했다.

[태감총관의 수급을 가져오면 귀하와 손을 잡겠소.]

남천왕을 돕고 싶은데 나중에 토사구팽당할 것을 두려워하는 위인이 태감총관이다.

그런데 동명왕을 도와 거사에 성공하면 목숨을 부지할 수 있을 텐데도 욕심을 부려 태사의 자리를 달라고 하니, 그런 인간은 더 이상 볼 것도 없다.

화용군의 요구에 덕후는 팔짱을 끼고 잠시 침묵을 지켰다. 이것은 무조건 즉답할 일이 아니므로 생각할 시간이 필요할 것이다.

척─

그때 문이 열리너니 황의 단삼을 입고 무기를 지니지 않은 삼십 대 초반의 한 명의 사내가 불쑥 들어섰다. 그의 손에는 검은 보자기에 싼 네모난 물건이 들려 있었다.

사내는 성큼성큼 걸어 들어와 덕후에게 공손히 네모난 물건을 건네고는 조용히 방을 나가 문을 닫았다.

스슥—

덕후가 묵묵히 보자기를 풀자 하나의 상자가 나왔으며 뚜껑을 열고는 화용군에게 밀어주었다.

화용군이 상자 안을 들여다보니 놀랍게도 하나의 수급이 담겨 있었다.

눈을 질끈 감고 세 가닥 수염을 기른 육십 대 노인의 모습을 하고 있는 수급이다.

화용군은 수급의 임자가 태감총관일 거라고 생각하고 덕후를 쳐다보았다.

덕후는 묵묵히 고개를 끄떡였다. 화용군의 짐작이 맞다는 뜻이다.

덕후는 이미 태감총관의 목을 자른 후에 금룡왕을 찾아갔고, 그의 소개로 화용군을 만나러 왔던 것이다.

화용군은 더 이상 볼 게 없다고 판단하고 술병을 들어 덕후의 잔에 넘치도록 따랐다.

[잘 부탁하겠소.]

[나야말로.]

두 사람은 잔을 부딪치고 단숨에 마셨다.

공매가 일이니 밖에 잠시 나갔다가 돌아와서 보고했다.

[감태정이 왔습니다.]

『야차전기』 7권에 계속…

이경영 판타지 장편소설

FANTASY FRONTIER SPIRIT

그라니트

용들의 땅

GRANITE

사고로 위장된 사건에 의해 동료를 모두 잃고 서로를 만나게 된 '치프'와 '데스디아'.
사건의 이면에 상식을 벗어난 음모가 있음을 알게 된 둘은
동료들의 죽음을 가슴에 새긴 채 각자의 고향으로 돌아간다.
2년 후, 뜻하지 않게 다시 만난 두 사람은 동료들의 복수를 위해
개척용역회사 '그라니트 용역'을 설립해 다시금 그 땅을 찾게 되는데……

용들이 지배하는 땅 그라니트!
그곳에서 펼쳐지는 고대로부터 이어지는 운명적 만남,
깊어지는 오해, 그리고 채워지는 상처.

『가즈 나이트』시리즈 이경영 작가의 미래형 판타지 신작!

Book Publishing CHUNGEORAM

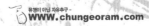

유령이 아닌 자유추구 -
WWW.chungeoram.com